Sin noticias de Gurb Eduardo Mendoza

外星人在巴塞罗那

〔西班牙〕爱德华多·门多萨 著　　查芳菲 译

人民文学出版社
PEOPLE'S LITERATURE PUBLISHING HOUSE

著作权合同登记号　图字 01-2019-4838

Eduardo Mendoza
Sin noticias de Gurb

图书在版编目(CIP)数据

外星人在巴塞罗那/(西)爱德华多·门多萨著;查芳菲译.
—北京:人民文学出版社,2020
(中经典精选)
ISBN 978-7-02-015731-0

Ⅰ.①外…　Ⅱ.①爱…　②查…　Ⅲ.①中篇小说-西
班牙-现代　Ⅳ.①I551.45

中国版本图书馆 CIP 数据核字(2019)第 201511 号

总 策 划　**黄育海**
责任编辑　**卜艳冰　欧雪勤**
封面设计　**汪佳诗**

出版发行　**人民文学出版社**
社　　址　**北京市朝内大街 166 号**
邮政编码　**100705**
网　　址　**http://www.rw-cn.com**

印　　制　**上海利丰雅高印刷有限公司**
经　　销　**全国新华书店等**

开　　本　**889 毫米×1194 毫米　1/32**
印　　张　**4.875**
字　　数　**92 千字**
版　　次　**2020 年 6 月北京第 1 版**
印　　次　**2020 年 6 月第 1 次印刷**

书　　号　**978-7-02-015731-0**
定　　价　**48.00 元**

如有印装质量问题,请与本社图书销售中心调换。电话:010-65233595

中经典
精选

Novella

9日

0:01（当地时间） 无障碍着陆。常规推进（增强规模）。着陆速度：6.30，常规等级（受限）。水上迫降时速度：4，U-1 低速等级或莫里纳–卡尔沃 9 级。体积：AZ-0.3。

着陆地点：63Ω（Ⅱβ）2847639478369473937492749。

着陆地点名称：萨尔丹诺拉[1]。

07:00 古尔布根据（我的）指令，准备接触当地（真实与潜在的）生活方式。由于我们以非人体（4800 分析元素–纯智能）形式旅行，我命令他模拟使用当地居民的身体。目的：不要引起本土（真实与潜在的）生物的注意。我查询了星体目录的地球等形指南，然后给古尔布选择了一个名叫玛尔塔·桑切斯[2]的

---

① 萨尔丹诺拉，位于巴塞罗那以北 14 公里，是巴塞罗那自治大学的所在地。

② 玛尔塔·桑切斯（1966— ），西班牙当代流行女歌手。

人类的模样。

07:15　古尔布从4号舱口弃舱。天气晴朗，偏南风。气温15 ℃；相对湿度56%；海面无浪。

07:21　与当地居民的第一次接触。古尔布发来的数据——个体大小：170厘米；头围：57厘米；眼睛数量：2；尾长：0厘米（无）。该个体交流时所用的语言结构甚为简单，但因为发音时会用到内部器官，所以声音又非常繁复。极度缺乏概念化技能。个体名称Lluc Puig i Roig（信息接收可能出现故障或不全）。该个体的生物功能：贝亚特拉自治大学①的终身教授（全职）。和蔼程度：低。该个体使用一种结构甚为简单，但操作非常复杂的交通工具，名为“福特嘉年华”。

7:23　古尔布被邀请乘上该个体的交通工具。古尔布向我要指令。我命令他接受邀请。基本目标：不要引起本土（真实与潜在的）生物的注意。

① 贝亚特拉，巴塞罗那自治大学的核心校区，此处为作者编造的大学名。

07:23　没有古尔布的消息。

08:00　没有古尔布的消息。

09:00　没有古尔布的消息。

12:30　没有古尔布的消息。

20:30　没有古尔布的消息。

10日

07:00　我决定出门去找古尔布。

为了避免本土生物的发现和侦查，我要隐藏飞船。查询了星体目录后，我决定将其变成名为家庭住宅的地面物体：有暖气、三房二卫一阳台、两个停车位，小区有游泳池，设施齐全。

07:30　我决定化身为人类的模样。查询目录，选择奥利瓦雷斯伯爵-公爵①。

07:45　为了避免引起注意，我决定不从原先的舱口（现已变成结构甚为简单、但操作非常复杂的百叶窗门）弃舱，而是从生物个体比较集中的地方出去，这样不会引起注意。

---

① 奥利瓦雷斯伯爵-公爵（1587—1645），西班牙历史上著名的贵族与政治家，曾于1621年至1643年间任菲利普四世的首相。西班牙的宫廷名画家维拉斯凯斯曾为其作过多幅肖像画。

08:00　我化身出现在名为对角线大道和格拉西亚大道[①]交界的地方。被往返于巴塞洛内塔和希伯伦区之间的17路公共汽车[②]撞倒。应该捡回我的脑袋，但是由于剧烈撞击，它滚远了。车子太多，该操作无法实现。

08:01　被一辆“欧宝可赛”撞倒。

08:02　被一辆送货车撞倒。

08:03　被一辆出租车撞倒。

08:04　找回我的脑袋之后，我在被撞处几米开外的公共喷泉里清洗它。利用本次机会分析了当地水源的成分：氢、氧和粪便。

08:15　生物个体高度集中，放眼一望也许很难找到古尔布，可我决定放弃尝试建立感官接触，因为不清楚这么干会对当地生态平衡和居民生活带来怎样的后果。

---

① 对角线大道和格拉西亚大道，巴塞罗那市中心商业区的主干道。
② 巴塞罗那横穿市中心繁华商业区，最后到达海边的一条公交线路。

人类是一种大小很多样化的东西。他们之中最小的那些若不是被大的那些放在小推车里，不多久就会被体积较大的给踩到（很可能也会掉了脑袋）。最高的那些很少会超过二百厘米长。还有件惊人的事情：他们平躺下来时长度居然没有任何变化。一些人长八字胡，另一些除了八字胡之外还有络腮胡子。几乎所有的人都有两只眼睛，根据所看方向不同，可能在前脸也可能在后脸。人类走起路来由后向前，为了平衡腿部的移动，还必须用力甩动双臂。那些最赶时间的人拿着皮制或塑料的手提包来加力，还有的提着一种名为“新秀丽”的用来自另一星球的原料制成的公文包。汽车（四个装满臭气的平行轮子）的移动系统更为合理，行驶起来也更快。我若不想因为显得古怪而被人拦截下来，就不可以飞行或者用头走路。注意：总要保持一只脚跟地接触（任意一只都可以），或者那个叫“屁股”的外部器官也可以。

11:00　我花了近三个小时等着见到古尔布经过这里。结果白等一通。这城市此时的人流不减。以前可不是这样。我估算古尔布经过这里而未被我察觉的概率是七十三比一。但是这计算还得加上另外两个变量：a）古尔布不经过这里；b）古尔布以另一个外形经过这里。这么一算，他经过这里而未被我察觉的概率就变成了九万亿比一。

12:00　祈祷时间。我相信古尔布不会正好此刻出现在我面前，于是低头默祷。

13:00　保持身体垂直站立五个小时后，我筋疲力尽。不仅肌肉僵硬，还要不停地用力保持吸气和呼气。有一次我忘记这么干超过了五分钟，结果脸色发紫，俩眼珠飞出了眼眶，不得不又去车轮底下将它们拾回。再这么下去，我一定会引起注意。人类似乎是自动进行进气和出气的，他们将此称为“呼吸”。我在这里纯粹因科学缘由报道：这种让任何文明生物都会感到恶心的自动体系，人类不仅将其用于呼吸，还用于其他很多身体功能，比如血液循环、消化、眨眼睛（不同于前两者，这个功能可以被意愿控制，被称为“放电”）和指甲生长，等等。人类是如此依赖器官（高潮）①的自动运行，如果不从小教育他们将本性藏匿于得体言行之中，他们便会丑态百现。

14:00　体力透支。我以双膝着地、左腿向后右腿向前的姿势休

① 西班牙语中器官（órgano）与高潮（organismo）两词十分接近。

息。一位太太见状，给了我一个 25 比塞塔的硬币。为了表示礼貌，我立刻将其食入。天气晴朗，偏南风。气温 20 ℃；相对湿度 64%；自南微风，海面无浪。

14:30　车轮与脚步的密度略减。还是没有古尔布的消息。我还是决定要建立感官接触，即使冒着破坏这个星球脆弱生态平衡的风险。趁没有公车经过，我清空大脑，发射电波，将频率从 H76420ba1400009 上升到 H76420ba1400010。

第二次发射时我收到了由弱变强的信号。解码后，发现信号来自两个不同地点，但跟地球直径相比，这两点间距离很短。（已解码的）信号文本：

“卡戈尔太太，您从哪里打来？”

“从圣琼德斯皮打来。”

“您说从哪儿？”

“从圣琼德斯皮，从圣琼德斯皮，您听不见吗？”

“卡戈尔太太，看起来我们这里信号接收出现了点小问题，您听得见吗？”

“您说啥？”

“我问您听得见吗，卡戈尔太太？”

“喂，喂，我听得很清楚。”

“您听得见吗，卡戈尔太太？”

“听得见，我听得很清楚。”

“那您是从哪里打来的，卡戈尔太太？”

“从圣琼德斯皮打来的。”

“从圣琼德斯皮打来，那您从圣琼德斯皮听得清楚吗，卡戈尔太太？”

“我听得很清楚，您呢？您听得见我说啥吗？”

“我听得见，卡戈尔太太。您从哪里打来？”

我担心找到古尔布要比我预想的更困难。

15:00　我决定放弃守株待兔，系统性地搜索整个城市。这样的话，找不到古尔布的概率降低了一万亿比一。但即便如此，结果还是很不明确。弃舱前我将理想的日光反射信号地图保存在内部线路中，现在我根据这张地图行走。我掉进了加泰罗尼亚天然气公司开挖的沟中。

15:02　我掉进了加泰罗尼亚水力电气公司开挖的沟中。

15:03　我掉进了巴塞罗那自来水公司开挖的沟中。

15:04　我掉进了国家电信公司开挖的沟中。

15:05　我掉进了科尔西加街区居委会开挖的沟中。

15:06　我决定不再参考理想的日光反射信号地图，而是看着地面走路。

19:00　连续步行了四个小时。我两腿发软，又不知自己身在何处。这座大城市每时每刻都人头攒动、嘈杂不堪。我奇怪没有找到可以用来作为参考的惯常古迹，比如圣母和平纪念碑。我曾拦下一个看似挺和善的路人，问他怎样才能找到一个失踪的人。他问我那人几岁，我告诉他我有6513岁，他于是建议我去高德英格利斯百货公司[①]问问。身在此处最糟糕的事莫过于呼吸着被“饱满”颗粒污染的空气了。众所周知，在某些空气颗粒密度特别高的城区，居民们将其输入体内，而后再以穆尔西亚香肠[②]的形式输出。此刻我双目刺痛、鼻孔堵塞、口干舌燥。萨尔丹诺拉比这里要好上千百倍!

---

① 高德英格利斯百货公司，西班牙覆盖全国具有垄断地位的百货公司，公司从超市、书籍、家电到时装、旅行社应有尽有。

② 穆尔西亚香肠，西班牙猪血肠，内馅通常为猪血、洋葱和米饭。外形较一般香肠更粗，呈深褐色。

20:30　若不是人类想出点路灯这个馊主意，太阳下山之后，大气环境其实可以得到极大改善。即使人类当中的大多数都面相粗糙甚至有些还外表丑陋，他们却还是要彼此看得见才能存活下去，因而非得等到亮起路灯才能上街。汽车也点亮了车灯，来向人类挑衅。气温 17 ℃；相对湿度 62%；自西南微风，海面微浪。

21:30　我受够了。寸步难行。我的身体受到了极大伤害。我掉了一只手臂和一条腿，由于吃了四回狗屎和若干烟头，我那俩耳朵和舌头都耷拉下来，只好用皮带将它们绑回去。鉴于如此情况，最好还是等到明天再继续搜索。我躲到一辆停着的卡车下面，解体，复身回到飞船。

21:45　充电。

21:50　穿上睡衣。古尔布不在，我一蹶不振。我们曾经共度了八百多个夜晚，如今我真不知如何打发这睡前的时间。我本可以看当地的电视节目或者读一期《洛丽塔·加拉夏历险记》[1]，

[1] 《洛丽塔·加拉夏历险记》，作者杜撰的出版物。

但也无此闲情。我不懂古尔布怎么会消失得无影无踪，更不明白他为何一去便杳无音讯。我从来都不是一个苛刻的上司。我总是给我的团队（我指古尔布）足够的自由让他（在准假时间内）来去自如，但如果回不来或者知道自己会迟到，他至少应该出于为别人着想，知会一声。

11 日

08:00　还是没有古尔布的消息。我又建立感官接触。接收到一个代表“平民百姓”的愤怒声音，要求有人为所谓的战争负责。放弃感官接触。

08:30　弃舱，我化身大型鹈鹕，高空俯瞰该地区。

09:30　完成了该行动，我回到机舱。那些城市规划混杂又不合理，更别提周围的乡村了。不仅毫无平坦径直可言，恰恰相反，像是故意设计成这样来妨碍其实际用途。鸟瞰中的海岸线，更如同精神病人的绘画作品。

09:45　仔细地研究了一番巴塞罗那地图（双椭圆轴制图版）之后，我决定在一个名为穷人的人类变种的郊外聚居区继续搜索古尔布。据星体目录描述，该人群的温柔指数要略低于另一个名叫富人的变种，并远远低于中产阶级变种。我选择化身为加里·库珀①。

10:00　我出现在圣考斯梅街区一条显然毫无人烟的街上，虽然古尔布向来低调，但我还是觉得他不会自己主动来这里落户。

10:01　一群持刀的年轻小伙子抢了我的钱包。

10:02　一群持刀的年轻小伙子抢了我的手枪和郡长徽章。

10:03　一群持刀的年轻小伙子抢了我的背心、衬衫和裤子。

10:04　一群持刀的年轻小伙子抢了我的靴子、马刺和口琴。

10:10　一辆巡逻警车停在我身旁，从车上下来一位警察，他解释了我的宪法权利，然后将我铐上手铐，扔进巡逻车的后座。气温 21 ℃；相对湿度 75%；南面有阵风；小浪。

---

① 加里·库珀（1901—1961），美国知名演员，两度获得奥斯卡最佳男主角，是好莱坞的银幕英雄，代表作品有《富贵浮云》《约克军曹》。

10:30　我被关进了一个警局的牢房。那里还有一个衣衫褴褛的家伙，我对他讲述了我在那邪恶之地经历的种种坎坷。

10:45　人类生性对彼此都没有信任感，这个人也不例外。不过这种不信任感一旦消散，这个和我同病相怜的人决定与我交谈。他给我看他的名片，上面写道：

赫杜里奥·潘卡斯[①]

乞讨代理

擅长塔罗牌占卜、小提琴演奏和同情心施舍

当街或上门服务

10:50　我的这位新朋友告诉我他是被误判入狱的，因为他此生从未撬车偷东西。他说警察从他身上拿走的粉末不是他们声称的东西，而是他那病逝老父的骨灰（愿上帝为他感到骄傲），他那天正打算去市长瞭望台[②]将骨灰撒向城市。接着他又

① 赫杜里奥·潘卡斯，作者虚构的人名，由西班牙语和加泰罗尼亚语组成，隐喻厚脸皮。

② 市长瞭望台，位于巴塞罗那蒙特维奇广场，在那里可以俯瞰巴塞罗那港口的风景。

说，他刚才说的都是一派胡言，不过也一无是处，因为这个国家的法制已经腐烂，所以无需证人证据，就凭我俩的样子，就能将咱俩扔进监狱，等染上跳蚤患上艾滋病才出得来。我回答说我一点也不明白，他说你啥也不需要明白，他称呼我哥们儿，说这就是生活，归根到底就是这个国家的财富分配太不均了。为此他举例提到一个我不怎么记得名字的人，那人给自己造了一个有二十二个马桶的别墅，我的乞丐朋友说他巴不得那家伙突然闹肚子又发现马桶都被占了。说完他登上了狱床，宣布等到他的（丐帮？）人马来的时候，他要让那个别墅的主人去鸡窝如厕，然后将那二十二个马桶分给领取失业救济金的家庭。这样子的话，他说，在他们再找到工作之前（正如他们被承诺的那样）就有事可干了。说完他掉下了床，砸开了头。

11:30　有别于先前那位个体的另一个警察局工作人员打开了地牢的门，命令我们跟着他，显然是要让我们去见总警察官。有了新朋友的警告，我决定扮得更斯文一点，便把自己变成了何塞·奥尔特加·伊·加塞特[①]。为了表示团结，我把新朋友也一

① 何塞·奥尔特加·伊·加塞特（1883—1955），西班牙哲学家，他在“一战”和西班牙内战期间给西班牙的哲学界带来很大影响。

并变成了米盖尔·德·乌纳穆诺[①]。

11:35　我们见到了总警察官，他将我们从头到脚打量了一番，挠了挠头，说他不想折腾，命令将我们放回到街上。

11:40　我和我的新朋友在警察局门口道别。分别之前，我的新朋友请求我将他变回原来的模样，他说因为扮成这样乞讨的话，再有同情心的人也不会给他半个子儿。

11:45　重新开始我的搜索。

14:30　还是没有古尔布的消息。我决定模仿我身边的人类，吃个午饭。鉴于其他所有店铺都关着门，只有那些所谓的餐厅才开着，我推算那些就是有饭吃的地方了。我嗅探了几家餐厅门口的垃圾箱，总算闻到一家令我食欲大动的。

14:45　我走进这家餐厅，一位身着黑衣的绅士用很不屑的语气问我有没有预定。我回答说我没有预定，但是我正在建一个

① 米盖尔·德·乌纳穆诺（1864—1936），西班牙20世纪最重要的思想家，“98年一代”代表作家。

有二十二个马桶的别墅。我被疾速带到一张装饰有一束花的桌子边，为了别显得不得体，我吞下了那束花。他们给了我一份（未编码的）菜单，我看了一遍，点了火腿、火腿卷哈密瓜和哈密瓜。他们又问我喝什么，为了不引起注意，我点了人类最常见的液体：尿液。

16:15　我喝了杯咖啡。餐厅送了我一杯梨子烈酒，之后便拿来了账单，6834 比塞塔。而我身无分文。

16:35　我抽着一支蒙特克里斯托二号雪茄，盘算着怎么逃脱这个困境。我可以自我分解，但我放弃了这个想法，因为：第一，这样会引起店员和顾客的注意；第二，这些人如此善良，以酒相赠，让他们去承受我这突如其来的无理取闹的结果是不公平的。

16:40　我装作在车上落下了东西，回到街上。我走进一家烟杂店，买了多张在售的彩票。

16:45　我通过基础公式计算操作数字，赢得了 1 亿 2 千 200 比塞塔。我回到餐厅，付了钱，还留了 1 亿比塞塔做小费。

16:55　用我唯一会的方法再一次启动对古尔布的搜索：走街串巷。

20:00　走了太久，鞋子都冒烟了。其中一只还脱落了鞋跟，这也算见证了我走过的如此可笑又艰辛的漫漫长路。我扔了那双鞋，进了一家店，用我在餐厅剩下的钱买了一双新鞋。这新鞋不如先前那双舒服，但是是用一种很耐穿的材料做的。穿着这双名为“滑雪板”的新鞋，我开始在佩德拉尔贝斯小区行走。

21:00　走完了佩德拉尔贝斯小区，我还是没有找到古尔布。然而那里幽雅的房屋、安静的街道、如茵的草坪和熙攘的泳池却给我留下了极美好的印象。我不明白为何有些人明明可以住在像佩德拉尔贝斯一样体面的小区，却偏要选择住在圣考斯梅那样悲戚的地方。或许这与个人偏好和钱财都没啥关系。

看起来，在那么多的分类当中，人类是被分为富和穷两大类的。谁也不知道为什么，这种分类在他们看来具有重要意义。富人和穷人之间最根本的区别在于：富人不管去哪里、买多少东西、吃什么、喝什么，都是免费的。而穷人却处处被敲竹杠。富人们享有的这种特权，或许是古老的传统，也可能是近来才形成的，也许是暂时的，又或者是假装的。总之，无所谓了。从统计学的角度来说，富人貌似比穷人活得更长、更好，他们更高、更健康、更美，他们的娱乐活动更多，他们去更加奇异的地方旅游，他们接受更好的教育，他们的活儿更少，他们的生活更舒适，他们有更多衣服（春秋季的尤其多），他们生病时得到更好的照顾，他们的葬礼排场更大，被世人记得的时间也更长。他们还有更多的可能性会出现在报纸、杂志和史书上面。

21:30　我决定回到飞船。我在佩德拉尔贝斯修道院大门前自我分解，惊讶地发现修女恰巧在这个时刻出来倒垃圾。

22:00　充电。我准备度过又一个孤独的漫漫长夜。我读了一期《洛丽塔·加拉夏历险记》，这非但没分散我的注意力，反而让我的情绪更低落，因为这书古尔布陪伴着我念过许许多多次，而我总是给他解释奇特的场景，因为他那呆愚程度，也算无人能及。

22:30　厌倦了在机舱里踱步，我决定休息了。今天真是累人的一天。我穿上睡衣，祈祷完毕，便躺下了。

12 日

08:00　还是没有古尔布的消息。大雨倾盆。巴塞罗那的雨和它市政府的办事方式如出一辙：要么不下，一下就是狂风暴雨。我决定不出门，用上午的时间清理一下机舱。

09:00　我干了一个小时的清洁活儿，再也干不下去了。以前这些事都是古尔布负责的，这会儿才显得我手足无措。我向上帝祈祷他赶紧回来。

09:10　我看了会儿电视消磨时间。出现好几个个体，都是人类。我看了一会儿他们的表演，推断出我正在看一个竞赛，它与我们星球一些很受欢迎的竞赛非常相似，但是内容要粗糙得多。一对生理上性别不同（虽然目前还看不出来）的夫妻被问到拿破仑的姓氏。一阵窃窃私语。那个女的用带着疑问的口气回答："贝纳文特[1]？"答案错误。现在轮到位于演播室另一端的对手夫妇，"蓬皮塔？"答案也不对。主持人鼓掌并告诉参赛的两对选手是输了比赛还是赢得了 50 万比塞塔。两边各一阵骚乱。又来了一位新的选手，自称她连续二十二个月看这个竞赛。她被问到阿尔贝托·阿尔考萨尔[2]娘家的姓氏。我决定切断信号接收。气温 16 ℃；相对湿度 90%；东北方向疾风；微浪。

09:55　我化身成胡利奥·罗梅罗·德·托雷斯[3]（拿着伞的样子）来到镇上的小酒馆，我要了两份培根炒鸡蛋，翻阅了晨报。人类的概念系统非常原始，为了了解时事他们必须读报纸。他们不知道简单如鸡蛋的东西所包含的信息都多于全国发行的所有报纸，还更加可靠。比如说他们为我准备的那两个炒鸡蛋，虽然被浸没在层层油脂中，但我依然可以看到股价，看到一份关于政客是否诚实的意见调查（70% 的母鸡认为政客们是诚实的）以及明天篮球比赛的结果。哦，如果有人教会他们解码，人类的生活会变得多简单啊！

---

① 哈辛托·贝纳文特（1866—1954），西班牙剧作家。1922 年诺贝尔文学奖得主。

② 阿尔贝托·阿尔考萨尔（1942—　），西班牙企业家、银行家。

③ 胡利奥·罗梅罗·德·托雷斯（1874—1930），西班牙著名画家。其父拉斐尔·罗梅罗·巴罗斯也是西班牙著名的印象派画家。

10:30　掺着烈酒的咖啡害我醉得不轻。我回到机舱，穿上睡衣，睡下了。我决定今天就在家休息了。为了充分利用这段时间，我开始系统阅读在这个星球内外都享有盛誉的所谓的当代西班牙叙事文学。

13:30　我读完了《贝托尔多和他子嗣的人生纪事》。雨停了，可是天依然阴沉沉的。我决定下城去逛逛。我想一次性解决钱的问题。昨天我玩彩票还剩下一些钱，但我还是想确保不管还要在地球上待多久，我都能过上小康的生活。

13:50　我来到莫雷纳山脉储蓄所的一家分行，它还有十分钟就要关门了。我表示出要开个账户的愿望。为了展现出优良资信，我化身为可敬的庇护十二世，愿他安息。

13:52　窗口的银行员工递给我一张表，让我填上。

13:55　那员工朝我微笑，告诉我说他们储蓄所有多种账户（储蓄账户、强制账户、过目就忘账户、落水账户、谁看谁是蠢驴账户，等等），还说如果我的存款达到一定金额，那么以上的某一种会给我带来更大的回报率、更好的现金支配度和更大的财政优势，等等。我回答道我只要一个能存二十五比塞塔的账户。

13:57　窗口的员工收起了他的微笑也不再向我提供信息。而且如果我没有听错，他还放了几个屁。接着他敲了会儿电脑键盘。

13:59　账户开好了。在当天的结算业务结束前一秒，我向那电脑传输了指令，让它在我的账户余额后面加上 14 个 0。搞定了，我离开了银行。看起来天要放晴了。

14:30　我停在一家海鲜馆门口。我知道这是人类庆祝生意顺利成交时惯来的地方。现在我带着同样的理由来模仿他们。海鲜馆是一种有以下特征的餐厅：1. 装饰有渔具（这是最重要的特点）；2. 在那里人们吃一种长腿的电话机以及另一些伤害味觉、视觉和嗅觉的动物。

14:45　我犹豫了一阵（十五分钟），还是觉得痛恨一个人吃饭，便决定将海鲜馆的仪式推迟到找到古尔布的那一天。到那时，在对他进行相应的惩罚之前，我们一定要美美撮上一顿来庆祝我们的重逢。

15:00　如今我有钱了，我决定游走一遍市中心，逛一逛城里的名店。天又阴沉下来，不过看起来一时半会儿还不会下雨。

16:00　我走进一家精品店。我买了一条领带。我试了一下。我觉得它还挺适合我的，我于是买了九十四条一模一样的领带。

16:30　我走进一家体育用品商店。我买了一个手电筒、一个水壶、一台野营煤气炉、一件巴萨的 T 恤衫、一个网球拍、一整套冲浪设备（荧光粉色）和三十双慢跑鞋。

17:00　我走进一家肉铺，买了七百个黑蹄火腿。

17:10　我走进一家水果店，买了一斤胡萝卜。

17:20　我走进一家车行，买了一辆玛莎拉蒂。

17:45　我走进一家家用电器店，买了它的所有商品。

18:00　我走进一家玩具店，买了一个印度人面具、一百二十条芭比娃娃的衬裤和一个陀螺。

18:30　我走进一家酒窖，买了五瓶巴伦慕舒瓦莫克红酒和一瓶八升朋塔特乌考的日常餐酒。

19:00　我走进一家珠宝店，买了一块劳力士自动金表，它能防水、抗磁、耐撞击。我当场将它砸得粉碎。

19:30　我走进一家香水店，买了十五瓶新上市的“鼠疫水”[①]。

20:00　我的结论是钱财没法带来幸福，于是我把所有买来的东西都分解掉，然后双手塞进衣袋，轻松地继续上路。

20:40　我逛兰布拉大街时，天空乌云密布，雷声隆隆，显然一场雷电风暴即将来临。

---

① 原文为 Eau de Ferum，香水（法语中）为 eau de parfum，此处作者故意用发音相似的加泰罗尼亚词 ferum（鼠疫）取代法语，以表讽刺意味。

20:42　都怪我该死的放射性，我被雷连劈三下。我的皮带扣和裤子拉链都熔化了。我的头发全都竖了起来，谁也搞不定它，我看起来像头豪猪。

20:50　还是带有静电，我去买《休闲指南》，点燃了报亭。

21:03　下了几滴雨，正当看上去快要雨停的时候，又倒下一场倾盆大雨，老鼠们从下水道里仓皇外逃，一路上蹿到哥伦布[①]的身上以免被淹。我跑进一家小酒馆去躲雨。

21:04　在小酒馆里面。各种口味和形状的香肠以及钟乳石状的奶酪所含的脂肪浇灌着一群吃客。他们是七八个表面上看不出来，但生理上性别不同的个体，除了一个男的，他如厕之后忘了藏好他的小鸡鸡。吧台后面我以为有个男人在倒酒，定睛一看，才明白其实是两个侏儒，一个骑在另一个的上面。每次开门，一阵风进来，吹走了苍蝇。这样就可以看到某一面墙上的镜子，它的左上角用粉笔写着 1958 年 3 月 6 日西甲联赛的比分结果。

---

① 巴塞罗那著名的兰布拉大街的尽头是一座哥伦布的巨型雕像。

21:10　大雨把我浇透了，我要了一杯红酒暖暖身子。我拿起牙签打算戳起一块塔帕斯[①]，但是出乎我的意料，那些东西落下了吧台。

21:30　我听着那群吃客的交谈自娱自乐。人类的语言，如果不解码的话，听着费力又幼稚。对他们来说一句类似这样的话：

109328745108y34-19<poe8vhqa9enf087qjnrf-

09aqsdnfñ9q8w3r4v21dfkf=q3wy oiqwe=q3u lo9=

853491926rnlnfp2485lir09348413k8449f385j9t830t82

=34 ut t2egu34851mfkfg-231lfgklwhgq0i2ui34756=

13ir2487-2349r20i45u62-4852ut-34582-9238v43 597

46 82=3t984589672394ut945467=2-3tugywoit=

238tej 93 46 7523fiwuy6-23f3yt-238984rohg-

2343ijn87b8b7ytgyt654376687by79

（给我十八斤萝卜），是不知所云的。所以他们说起话来又啰嗦又聒噪，还手舞足蹈、表情狰狞。但即便如此，他们的表达还

① 塔帕斯，西班牙美食中各色开胃小菜的总称。

是极度受限，只有在亵渎神灵或是说下流话时才是例外；另外，领导人物的发言中总是充斥着含糊、歧义的用词和破格的文体。

21:50　我正琢磨着这事情，服务生给我灌满了酒。等我意识到时，已经半升干红下肚了。我开始分析红酒的化学成分（106个元素，其中无一来自葡萄），不过等我研究到三硝基甲苯时，我决定放弃这个研究。服务生又给我灌满了酒。

22:00　我无缘无故地咯咯笑，站在我身边的吃客问我是不是他脸上有画。我向他澄清说我不是笑他，只是突然间不知怎么的想到一些傻事儿。鉴于我解释得有些含糊不清，尤其是那几句没有解码的话，其他几个吃客的目光也向我投来。

22:05　一个吃客（不是那个脸上有画的，而是另一个）用他右手的食指指着我的鼻子，说我看上去很面熟。他可能已经认出我表面上（以及肉体上）装成了教宗，这表明他应该是个虔诚、完全值得信赖的人。我回答说他一定是弄错了，然后为了引开他和其他吃客的注意力，我请大家喝了一圈。服务生见我慷慨解囊，便力荐厨房刚出锅的美味牛肚。我在吧台上放了一些钱

（500万比塞塔），让他上那些牛肚，不必为了这点钱错过了美食啊。

22:10　那位虔诚的吃客说不行，既然我已经付了酒钱，牛肚该算在他的账上。接着他说不必再争了。我坚持说上牛肚是我的意思，所以应当由我来付。

22:17　另一个刚喝完第二瓶茴香酒的女人（吃客之一），插嘴叫我们不要再吵了。她把手伸到胸口，拿出几张又脏又皱的钞票，将它们扔在吧台上。另一个吃客以为这钱是牛肚，一口气吃进了四张。那女人说她请客。虔诚的吃客说他可是条汉子，让女人给他买单门儿也没有。

22:24　牛肚迟迟不上桌，我用烟灰缸敲吧台催服务生上菜。烟灰缸被我敲碎了，还切开了吧台的大理石桌面。服务生给我倒了点酒。这时一个始终沉默的吃客说要为我们献上几曲。他满腔热情地演唱了一首名为《1092387nqfp83j41093》(《回到我身边，婊子》）的歌，我们都鼓掌跺脚，还大吼好啊，好啊（7x5，7x5）。虔诚的吃客说他终于想起来我是谁了，我是豪尔赫·塞布尔维达[①]。

22:41（大概时间） 唱歌的吃客大张其嘴以表悲苦，他的假牙落进了装肉丸的盘子里。他刚要将手伸进去把它取出来，那服务生操起一块埃德姆奶酪[②]砸向他的头，说："你够了，靠假牙这个老把戏你这个星期已经偷吃了八个肉丸子了。"他说他也不是迟钝无觉，其实都给他记着呢。被警告的歌手回应道他才不需要在此等破烂地方偷肉丸子吃呢，他说他是巴黎歌王，只要他愿意，马克西姆餐厅[③]随时都为他留位。那服务生不语，以端出酒来作为回应。

23:00或24:00 那个脸上有画的家伙向我们号称说他本可以出人头地，因为他从来都不缺想法，也不缺实现想法所必需的魄力。然而有三件事阻碍了他的成功，分别是：a）坏运气 b）他对酒精、赌博和女人的青睐以及 c）他和几个他不愿指名的有权势的人的恩怨。那个从乳沟里掏出钞票的娼妇跳出来，说他

---

① 豪尔赫·塞布尔维达（1917—1983），原名路易斯·桑丘·莫莱昂，西班牙歌手。

② 埃德姆奶酪，一种产自荷兰的著名干酪，只以脱脂奶制成，口味较淡。

③ 马克西姆餐厅，巴黎最负盛名的餐厅之一，建于1893年。

一派胡言，他一事无成的真正原因是a）懒惰b）懒惰c）懒惰，而且她已经听厌了那么多的谎言和幻想了。

?:00　牛肚终于出锅了，是自己走出厨房的。那妓女说她才是唯一一个有所骄傲的人，因为直到不久前她都是一个高级妓女，以“俄克拉荷马靓女”之名享誉她的小区。还说如果我们现在看她有失风韵，并非岁月所致，而是其他原因：a）她对干豆的过分钟爱；b）男人们揍她；c）一个她不愿指名的江湖郎中给她做了整形手术。她说完便哭了起来。我于是走上前去劝她别哭，她是我见过最美丽、最引人注目的女人，若不是因为我是外星人，只是在去其他星系的路上经过这里，我很想娶她为妻。她回答说男人们都这么说。脸上有画的哥们儿让她闭嘴、别再犯傻了。她回应道（说得好！），就是狗娘养的也不能让她闭嘴，她想到什么就说什么，说的都是事实。我于是对着那个辱骂她的家伙的嘴猛打一拳，或许我打的是别人，不过无所谓，我向他们所有人宣布谁也不准骂我的女人。

黑夜。那个被我揍的家伙从地上爬起来，拎起我的耳朵将我在空中如吊扇一般旋转。歌手则趁乱往嘴里塞了一把肉丸子，服务生见状将平底锅砸向他的肚子，逼他将肉丸子（或者相似物质）吐回到原地。警察来了，手里挥舞着警棍。我从一个警察手里夺到警棍，并用它去砸另一个警察或是同一个警察。好像有麻烦了。我决定自我分解，可是我把公式弄错了，分解了木材码头的两家小酒馆。我们被带去了警局。

13 日

08:00　我被带到警察先生面前。警察先生告诉我在我呼呼大睡时我的酒伴们已经录了口供，他们一致公认我是唯一的肇事人。于是在证明他们的清白之后，他们都已经被释放了。这会儿他们应该已经回到酒馆，将我忘得一干二净了。我强烈感觉自己被抛弃了，便不知不觉变身为帕其林①。警察先生警告了我一番，然后命令将我放回到街上。实在是太丢人了！酒精让我头痛欲裂！

08:45　回到机舱。答录机没有留言。充电，换睡衣。

13:00　刚醒过来，感觉好多了。吃了简单的早餐。今天不吃午饭了。我一口气看完了《通多利娜在度假》《通多利娜在寄宿学

① 帕其林，西班牙民谣歌手伊莎贝尔·潘托哈和斗牛士弗朗西斯科·里维拉的儿子，作者撰此文时他仅两岁。

校》《通多利娜的未来》。

15:00　断电了。机舱的发电机可能有点问题。我在机房转悠了一圈想找到故障所在。我按按钮、挪动把柄，看是否会奇迹般地修好它，因为我对机械可谓一窍不通。以前都是古尔布负责这些事情，坏了也都是他负责修复。一路上我发现几处泄漏，我将它们记录在另一个文档上。

16:00　我应该是碰了一些我不该碰的东西，因为机舱里面恶臭四溢。我出门去警告大家我误将一个涡轮机反方向操作了。所以现在它非但发不出镉和钚被分解而产生的能量，反而正在抽干小镇下水道里的污水。

16:10　我将自己的外表（以及品行）都变成了山本五十六上将，然后试图用一个水桶将机舱里的水排空。

16:17　弃舱。我把一张便条贴在门上，以免古尔布在我不在的时候回来："古尔布，我被迫（体面地）弃舱，如果你回来，你去告诉小镇的酒馆（华金先生或者梅赛德斯女士）哪里可以找到你。"

16:40　我来到小镇的酒馆。我告诉梅赛德斯女士（华金先生正在睡午觉），只要来一个人问起我，不管长什么样，即使没有长相，也要让他留个口信，我会时不时来一下的。我已经仁至义尽了。

17:23　我乘坐一个叫作城铁的公共交通工具来到市里。人类与其他生物（例如金龟子）不一样，其他生物总是以同一种方式移动，而人类却使用各种各样的交通工具。这些交通工具彼此间相互竞争有多慢、多不舒适和多难闻，而在这最后一项上，往往是双脚和某些出租车胜出的。抽烟的人比较偏爱名不副实的地铁，而年纪大、爱跌跤的那些人通常更倾向公共汽车。如果距离更长，还有所谓的飞机，一种通过排出轮胎中气体来前进的公共汽车。这样飞机可以到达大气层的较低层，在那里由名字出现在机身上的一些圣人（阿维拉的圣女德蕾莎、罗耀拉的圣伊格纳西奥等等）来调节，从而维持在那一高度。长途飞行时，旅客通过相互展示袜子来自娱自乐。

18:30　我得找个地方过夜，毕竟谁也不能跟我保证一会儿不会像昨天那样下起倾盆大雨，甚至是冰雹。另外，虽然晴空万里，我在巴塞罗那马路上的经验告诉我如果没有必要，不宜在街上多待一秒。

19:30　我找了一个小时的酒店。整座城市没有一个空房间，因为据说城里正在举行一个关于塞辣椒的新方法的研讨会，为此全球的专家都来到了巴塞罗那。

20:30　我又找了一个小时。这次使了某些塞小费的把戏之后，我弄到了一个自带卫生间、窗外是一个颇具规模的市政工程的房间。前台服务员通过话筒向我保证说一到晚上钻孔和拆毁工作就会中断。

21:30　我在一个离酒店很近的饭店里点了一个汉堡包并将它吃完。这是一个由取自各种动物的肉块和肉片制成的混合物。我粗略地分析了一下，有牛、驴、单峰驼、象（亚洲象和非洲象）、狒狒、牛羚和大獭兽。我还发现微量的青蝇、蜻蜓、半个羽毛球拍、两个螺丝钉、一个软木塞和一些碎石。就着一大瓶果汁，我吃下了这顿晚餐。

22:20　我散了个步，回到酒店。夜幕降临，一阵暖香。气温21 ℃；相对湿度63%；微风；海面无浪。我来到酒店的酒吧想找人陪我喝一杯。酒吧里只有一个服务生在啜饮着鸡尾酒。我问他要了钥匙回房间。

22:30　我换上睡衣。我看了一会儿加泰罗尼亚地方电视节目。

22:50　我上床了。读了《索鹏西奥·维鲁多回忆录》[①]和《在阿尔瓦塞特土地上的四十年》[②]。

24:00　街道上的市政工程停了。我祈祷，关灯。还是没有古尔布的消息。

02:27　迷你吧不明原因爆炸。我花了半个小时清理酒瓶。

03:01　天然气由于市政工程发生漏气。酒店的客人都从消防通道被疏散。

---

① 作者杜撰的文学作品，索鹏西奥（Soponcio）意为昏晕，维鲁多（velludo）意为多毛的。

② 阿尔瓦塞特，位于西班牙东南部的小城。

04:00　故障处理好了，客人们又回到了我们各自的房间。

04:53　酒店的厨房起火了。酒店的客人都从主楼梯被疏散，因为消防通道里烟雾弥漫。

05:19　消防队到了。他们瞬间将火扑灭。客人们又回到了我们各自的房间。

06:00　挖掘机开始运作了。

06:05　我付了酒店的费用，退了房。立刻就有一个客人要住进去，那客人在食品行业工作，他在街上过了一夜。他告诉我说他的公司成功地培育出了无骨鸡，受到各类餐桌的青睐。就是那些鸡活着的时候不怎么惹人爱。

14日

07:00　我来到华金先生和梅赛德斯女士的酒吧时，梅赛德斯女士正在拉起金属卷帘门。我帮她取下华金先生前一晚翻上桌子的凳子，这样她清扫酒吧地板就会更容易些。她告诉我没人问起过我。我请求她替我继续留意着。她给我做了一个茄子鸡蛋饼（我的最爱），我就着两片抹了番茄酱的面包和一杯啤酒，边吃边看新闻早报。看起来要去意大利比赛的国家队员名单已经定下来了：苏维萨雷塔、申多、阿科尔塔、桑奇斯、拉法·帕斯、比利亚罗亚、米歇尔、马丁·巴斯克斯、罗伯托·萨利纳斯、布特拉格诺和巴克罗，多么强大的阵容啊！我认真地看广告想租个房子，房市不景气，还是买房更合适。

09:30　我来到一个房产中介公司。为了给他们留下一个好印象，我把自己变成肯特公爵和夫人[①]。我被带到一个房间，那里已经有几个人等着了。

09:50　我在一本娱乐杂志上读到一篇关于博杜安和法比奥拉[②]婚礼的详细报道，我发现这份杂志已经过期了。

10:00　进来一位小姐，她将我们分成三组：a）买房自住的人；b）买房用来洗黑钱的人；c）要在奥运村买房的人。我和一对抱着婴儿的小两口组成了A组。

10:15　我们A组成员被带到一个朴素的房间。桌子边坐着一个胡子花白的绅士，看起来很权威，他跟我们解释说现在房市供不应求，所以时机不好；不过反过来也一样，所以我们不应该有过高的期望值。他劝我们忘了那糊弄人的二项性价比，并提醒我们，就是精英阶层，生活也一样忍辱负重。话音刚落，他的假胡子掉了下来，他随手将它扔进了废纸篓。

11:25　探访我刚买的公寓。还不赖。厨房和卫生间得重新装

---

① 英国王室成员，伊丽莎白二世女王的堂弟夫妇，经常上娱乐杂志。

② 比利时国王和王后（1951—1993年在位），是虔诚的天主教徒。

修，但这事我也并不着急，因为我既不会做饭也从不洗澡。我很高兴地发现卧室带有一个很大的壁橱。我进入壁橱，它开始移动了。失望：原来这个是公寓楼的电梯。

14:50　获取房屋居住权证。我申请了水、电、煤气供给，开通了电话，还买了房屋火灾险、偷窃险，交付土地增值税。

16:30　我买了一张床、一张折叠床（客人用）、一张三人沙发、梳妆台、桌子和椅子。气温 21 ℃；相对湿度 60%；微风；微浪。

17:58　买了刀具、瓷器。

18:20　买了家居服、网眼窗帘。

19:00　买了吸尘器、带烤箱功能的微波炉、蒸汽熨斗、烤面包机、煎锅和吹风机。

19:30　买了洗衣液、柔顺剂、上光剂、玻璃清洗剂、扫把、抹布、洗碗刷和麂皮。

20:30　我在家里安顿下来。叫了一份外卖比萨饼和一瓶家庭装的果汁。我换上睡衣。

21:30　我决定放弃我的书单（只是今天），而是以一本人类颇为推崇的英国女作家的惊险小说作为睡前阅读。这部小说的情节极其简单。一个人，我们简而称之为A，死在图书馆里。另一个人，B，尝试猜出谁杀了A以及为什么。在一系列毫无逻辑的任务执行之后［原本只要使用3（x2–r）n ± 0的公式就可以在起初将这个案件解决］，B（错误地）声明说杀人犯是C。这个大结局让包括C在内的所有人都很满意。我不知道男管家是什么东西。

01:30　祈祷，睡觉。还是没有古尔布的消息。

04:17　醒来，怎么也睡不着了。起床，转悠了一遍我的新房。总觉得缺了点什么，但也说不上来是什么。

05:40　被困倦击败，我还没有解决这恼人的谜团，就又睡了过去。

06:11　突然醒来。我终于知道什么东西能使这个房子变成真正的家了。可是，我会找到一个愿意与我分享生活的女孩吗？

15日

07:00　我帮助梅赛德斯女士拉起酒吧的金属卷帘门，并插上咖啡机的插座。华金先生还在熟睡。梅赛德斯女士将他翻了一个半身。这位被冠名为慵夫的华金先生和如我这般起早贪黑、勤勤恳恳又彬彬有礼的男人之间的差别是显而易见的。我问梅赛德斯女士依她看，我找个女朋友会费很大的劲吗？她反问我是要认真交往呢还是寻欢而已。我声明说我是认真的。她说如果是这样，那么要跟我好的女孩子要排成队了。她说这可不是什么好事。我为了切换话题，就问她有没有给我的留言。她说有，我心一喜，莫非是有古尔布消息了？

09:15　梅赛德斯女士给我拿来了我的茄子鸡蛋饼和啤酒，还给了我一份加密邮件。失望：不是古尔布发来的，而是最高空间研究院从位于心宿二[①]的AF空间站发来的。我决定过会儿再看

① 天蝎座的主星。

那信，先享用我的鸡蛋饼和啤酒。

09:30　打饱嗝。

09:35　我把自己关在男厕所里，好安心地解密邮件。

09:55　信息解密遇到了一些困难，一位憋急的顾客不停地敲门。

10:40　信息解密成功。最高研究院想要知道为什么路易斯·苏亚雷斯·米拉门特斯[①]没有选上路易斯·米利亚[②]。我把编码器留在机舱了，无法作答。

11:00　坐地铁回家。一路上我观察上车下车的女孩子。在她们中间挑一个实在不是件容易事，因为那就意味着要放弃其他的，而她们个个都活色生香。

---

① 路易斯·苏亚雷斯·米拉门特斯，曾效力于国际米兰和巴塞罗那等多个球队，1960年的欧洲足球先生，作者写作时，他是西班牙国家足球队的教练。

② 路易斯·米利亚，曾效力于巴塞罗那队，之后转会去了瓦伦西亚和皇马。他转去皇马时曾引起某些巴萨球迷的不满。

13:00　我打算用一整个下午来研究这个课题。

15:00　参考研究方法，我决定将这个问题分成三组：a）生理障碍；b）心理障碍；c）实际障碍，三者对我而言皆无法逾越。

15:30　一些有用的细节：人类的生殖器官分为两部分，分别是上院和下院，后者带有一个阑尾或者肉茎，名为蓬斯[①]。

17:05　我下楼去报亭买了一本《花花公子》的年历。我将年历藏在西装里面，快跑回家。

17:15　我很好奇那些出现在年历上的女孩子所拥有的奇特的解剖结构是否能够抵住九万大气压的压力。

19:00　下午我用了很长时间做了与这个主题相关的记录。问：男人应该在何时尊重一位女性？答：当该女性的道德品质、社会条件、穿着品位和个人卫生都赢得他尊重的时候。在其余的

① 这里暗喻菲利克斯·蓬斯，西班牙政治家，社会党成员。曾于 1986 年至 1996 年期间担任众议院议长。

情况下，使用暴力是可选的。其他我应当记住的细节：什么时候葬礼上应该送花，什么时候又不应该送。用“你”相称是否合法。帽子、手套和拐杖。面对圣水盆：微妙的瞬间。汉堡包、夹心烤面包和花色小蛋糕。还有那些个体式！

20:00　我在镜子前换装。要让女人们对我看得顺眼，第一印象极其重要。曼努埃尔·奥兰特斯①；维里亚图斯②；乔治·阿玛尼；艾森豪威尔。

20:30　我决定出去逛一圈透透气。气温 18 ℃；相对湿度 65%；和风；海面无浪。

20:55　地球上在文化多元化方面可以与巴塞罗那相媲美的城市屈指可数。然而不幸的是，这些演出活动的时间安排总是很难与市民闲暇时光相匹配。例如，杀人鲸“尤利西斯”③只在上午的某些时段演出；等等等等。幸好我在巴塞罗那大剧院演出就

① 曼努埃尔·奥兰特斯，西班牙 20 世纪 70 年代最杰出的网球运动员。

② 维里亚图斯（?—公元前 138 年），杰出的战略家，曾领导卢西塔尼亚人抵抗罗马军队对西班牙西部的入侵。

③ “尤利西斯”，于 1980 年 11 月在冰岛被捕获的杀人鲸，曾在巴塞罗那动物园演出多年。

要开始的时候来到了兰布拉大街。

23:30　毫无疑问巴塞罗那大剧院是西班牙数一数二的剧院，甚至在全欧洲都是名列前茅的。然而，因为被盛行的经济危机所波及，那里演出的音乐剧质量受到了影响。今晚，海报上清清楚楚地写道："由于欠发工资，乐团与合唱队无法演出。"代替他们的工程学院的学生乐队，虽然已竭尽全力，但他们演出的歌剧《鲍里斯·戈都诺夫》[①] 听起来实在平淡无奇。

24:00　回家。还是没有古尔布的消息。换睡衣，刷牙，祈祷，睡觉。

---

① 《鲍里斯·戈都诺夫》，俄国作曲家 M.P. 穆索尔斯基创作的四幕歌剧。

16日

07:00　我帮助华金先生拉起酒吧的金属卷帘门，把椅子都搬下桌。将餐巾纸盒和一些满装着小棍子的半透明圆柱体分发在吧台上，这些小棍子可以通过圆柱顶端的孔（稍费一点儿力）取出来。我一边干手头上的事情，一边纳闷梅赛德斯女士怎么不在自己的座位上。华金先生告诉我说他的妻子，也就是梅赛德斯女士，昨晚又彻夜未眠，一早就跑去医院了。他恐怕她又患了新的结石。我为她的早日完全康复而祈祷。今天没有茄子鸡蛋饼了，取而代之的是面包、番茄酱和香肠。我问华金先生："有给我的留言吗？"他回答说没有，一个也没有。

09:00　翻阅晨报，我跟陆陆续续来酒吧的顾客聊报上的新闻。大家都很担心萨罗维拉赛卡的事情[1]。一个年纪偏大的顾客悲伤

① 萨罗维拉赛卡，塔拉戈纳地区的一些小镇，镇民因政府要在那里兴建游乐场项目而感到不满。

地忆起出名的但泽走廊[①]以及它的下场，另一个则提出核武器的存在使得战争变得不可想象，他俩口气都非常激动。另一个意见：人类是很粗暴的动物。还有一个：打仗的都是魔鬼。一些有用的术语：银匠的铁砧，简称“敲”；加纳利亚群岛[②]，简称“加”。

09:10　梅赛德斯女士乘出租车回来了，她脸色苍白，但依然带着微笑。她明天要去照X光片，但是医生的诊断很乐观：也许只是一粒微小的结石。梅赛德斯女士要刷盘子，但是被我们禁止了。她应该休息，休息，再休息。我系上围裙，刷洗盘子、碗和杯子。摔碎两个。

10:00　回到巴塞罗那。说真的，地铁里上上下下的女孩子比面包更令人垂涎。我好几次都差点要跟她们搭讪了，但最后还是忍住了。我不想让她们觉得我是个轻浮的人。

11:00　参观奥林匹克圆形竞技场、国家宫和外环高速路工程，我发现某些地区人们的不满意见，是因为据说工程的支出已经

---

① 但泽，波兰港口，20世纪上半叶是波兰和德国间冲突的根源。
② 加纳利亚群岛，位于非洲大陆西北岸外的西班牙领土。

超过了初期的预算，然而收入却低于预期。人类还没有学会将时间这个元素引入到算术运算中，因此这些运算再复杂也一无是处。如果他们意识到这一点，改正这个错误并非难事。可是现在，他们连这样一个基本的问题也不能明白：如果一只梨要 3 个比塞塔，那么 3628 年的时候三只梨要多少钱呢？答案：987365409587635294736489 个比塞塔。不过不管怎么说，关于奥运会工程的争议都是毫无意义的，因为到 2000 年之前所有的中央银行都会放弃以黄金作为价值标准，取而代之的是三种口味的埃尔高利亚加巧克力①：牛奶味、无奶味和榛子味。

15:00　在巴塞罗内塔②吃了炸鱼。威斯忌蛋糕、咖啡、酒和雪茄烟。然后回家。吃胃药。

19:30　午睡醒来，刚好看电视二台的篮球半决赛。巴萨打得很烂，发挥得很不稳定，不过球队在最后一分钟反败为胜。谢天谢地。气温 22 ℃；晴；相对湿度 75%；自南微风；海面无浪。

① 埃尔高利亚加，源于西班牙伊伦地区的著名巧克力品牌，它的铃铛巧克力是西班牙家喻户晓的产品。

② 巴塞罗内塔，巴塞罗那旧城区的一个社区，2005 年，探索频道的纪录片《世界最佳海滩》将巴塞罗内塔海滩评为世界最佳城市海滩和世界最佳海滩总排名第三名。

23:00　去酒吧试试运气。如果有机会，我绝不让它在我面前溜走。出门之前我将自己变成弗拉斯圭罗·塞贡多[①]。如果她们喜欢挑衅，那就再合适不过了。

23:30　在潮流酒吧波纳诺瓦里，点了杯自由古巴[②]。酒吧得过FAD[③]优秀室内设计奖。没几个女孩子，而且都有伴儿了。

00:00　在潮流酒吧因桑切里，点了杯自由古巴。酒吧得过FAD优秀室内设计奖。女孩子相当多，可惜都有伴儿了。

00:30　在潮流酒吧拉瓦尔里，点了杯自由古巴。酒吧得过FAD优秀室内设计奖（并列）。女孩子很多，可惜都有伴儿了。

01:00　在潮流酒吧新城里，点了杯自由古巴。酒吧得过FAD建筑修复和城市空间奖。一个女孩也没有，我想我是走错地

---

① 弗拉斯圭罗·塞贡多（原名萨尔瓦多·桑切斯·波韦达诺，1842—1898），西班牙历史上最好的斗牛士之一。

② 自由古巴是一种朗姆酒混合可乐的饮料。

③ 西班牙和葡萄牙共同颁发给个人或者机构的、鼓励设计者创新的年度奖。

方了。

01:30　在潮流酒吧桑斯里，点了杯自由古巴。酒吧得过FAD优秀室内设计奖第二名。有些单身女子，不过价格不菲。

02:00　在潮流酒吧奥斯皮塔莱特里，点了杯自由古巴。这地方没有获奖。很多单身女孩子。气氛正浓。现场音乐。我跳上舞台，拿起麦克风高歌起来。歌词是我自创的，特别为今晚所作。内容如下：

上啊，哥们儿；

上啊，哥们儿；

上啊，哥们儿；

上啊，哥们儿；

上啊，哥们儿；

如果你真想要上，

上啊，哥们儿。

（合唱）

上啊，哥们儿；

上啊，哥们儿。（如此继续）

我感觉大家都挺喜欢这歌的，于是又唱了好几遍。几个壮汉走上舞台，请我离开酒吧。考虑到过去的一周里我已经进了两次警察局，我便答应了。

04:21　在乌尔奇纳奥纳广场的花坛里呕吐。

04:26　在加泰罗尼亚广场的花坛里呕吐。

04:32　在大学广场的花坛里呕吐。

04:40　在蒙塔内尔路和阿拉贡路交汇的人行道上呕吐。

04:50　拦下一辆出租车，我让司机载我回家，在出租车上呕吐。

17 日

11:30　我在自己的床上醒来。我也不知道是怎么回到这里的。我身上虽然还穿着斗牛士的服装，但是我的帽子、剑还有我（如果没有记错的话）赢来的公牛耳朵[①]都已经不见了。我试图起身，但是起不了。头痛就更不用提了。于是我决定躺在床上消磨时光。反正今天是周日，梅赛德斯女士和华金先生的酒吧也不营业。还是没有古尔布的消息。

14:00　我换上衣服，出门去散步。天气很温暖，路上行人也不多。许多家庭都去乡下的第二住所度周末了。所有商铺都大门紧锁[②]：商店是当然了，就连酒吧和餐厅也都关着。不过我也无所谓，照目前我的肠胃状态，也吃不下什么。

---

① 斗牛士在最后刺杀阶段如果能够准确地从牛背后直刺牛的心脏，便会享有保留牛耳的荣誉。

② 西班牙等一些欧洲国家的商店在周日和节假日都不营业。

14:20　我找到一家开着的卖体育用品的小商店，这家店工作日连一根针都卖不出去。也许就是因为这样，它才周日营业，出租自行车。我租了一辆自行车。这是一种设计理念非常简单、但是操作极其复杂的仪器，因为它需要同时使用两条腿，不像走路，可以在一条腿前进的时候，让另一条腿静止。这种姿势，或者说这种姿势的片断（取决于你怎么看它）被称为踏步。走路的时候，如果将左腿放在右腿的右侧，然后又用相反的姿势，也就是将右腿放在左腿的左侧，那么这样就叫作轻移莲步。

15:00　由于街道有明显的斜坡，我的自行车兜风行程被分为两个截然不同的部分，分别是a）下坡，b）上坡。第一部分（下坡）是一种享受，第二部分（上坡）有如酷刑。幸运的是，两个把手边都附有刹车装置。这个刹车装置一旦启动，就能防止自行车在下坡过程中提速；而在上坡的时候，刹车装置能避免自行车向下滑坡。

17:30　归还自行车。运动唤醒了我的食欲。我找到一家开着的甜油条店。我买了两斤甜油条①、三斤油炸甜圈和六斤糖耳朵。

18:00　我坐在路边的长椅上消化。到目前为止非常畅通的街道开始变得越来越拥堵，之所以会这样，是因为大家都正在返城。城市的交通入口处会有堵车，有时候会上升到严重拥堵的程度。这些堵车，尤其是严重拥堵会一直持续到下个周末。所以有些不幸的人（和他们的整个家庭）离开了乡村来堵车，堵完了车又回到乡村，从来也没有踏进城市半步，结果不仅花了钱还耽误了小孩的教育。

交通拥堵是这个城市最为严重的问题之一，也是让市长，也就是马拉加尔先生②最为担忧的事情之一。市长已经好几次推荐自行车对汽车的替代作用并且的确以骑自行车的形象登上了各类报刊，虽然从照片上看他从来也未骑远。如果这城市更加平坦空旷一点的话，或许人们会更频繁地使用自行车，不过已经没辙了，因为它基本上已经楼房林立。另一个解决方法是市政府在城市的高处放置给行人用的自行车，这样行人们几乎不需要费力踩踏板就可以很快到达市中心。一旦到达

① 甜油条，其形状很像中国的油条，是传统的西班牙小吃，蘸上巧克力或咖啡来吃。后文中的油炸甜圈和糖耳朵均为类似的油炸面粉类小吃。

② 帕斯卡尔·马拉加尔于1982年至1997年担任巴塞罗那市市长，其间该市举办了1992年奥运会。

市中心，市政府（或者一个外包公司）再负责将这些自行车放进大货车，将它们运回城市的高处。这个解决方法相对便宜些。顶多还需要在城市的低处架一片网或者垫子，来防止自行车技术不佳的人或者最疯狂的人冲下坡之后跌进地中海里。当然还有一个待解决的问题：下了坡来到市中心的人怎么回到高处去？不过这不应该是市政府担忧的事情，因为扼杀人民的积极性并非这个机构（也不是其他任何机构）的职责。另一个发明：一种化学产品和一个点火装置，只需按下标签箍就能点燃雪茄。气温 21 ℃；相对湿度 75%；和风；海面无浪。

19:10　回家。在家门口我遇见 301 室的邻居太太和她儿子。她将车停在路边，正在把包裹与袋子搬下车。她的儿子还太小，不能帮她一起搬，所以就站在人行道上抠鼻子。我的邻居太太穿着短裤和紧身 T 恤，这打扮谁看了都心旷神怡。

19:15　我躲在一棵树后面悄悄地看了她一会儿，看得连我自己都不好意思了，便上前去提出帮她一起搬。她婉言谢绝了我的帮助，说每个周末都得折腾一遍，她已经习惯了。我坚持要帮忙，她便让我提一个装满肉肠的塑料袋。我问她是不是她自己做的。她回答说不是，是在比斯巴尔[①]附近的一个小镇上买的，因为那里她有套房子。问：那么为什么你要把它们拿来这里吃呢？答：我不明白你的问题。

19:25　已经将袋子与包裹从车里搬到电梯里。我们乘电梯上楼。我利用近距离目测邻居太太的身体尺寸。身高（站立）：173 厘米；最长毛发长（枕骨区）：47 厘米；最短毛发长（上唇区）：0.002 厘米；手肘和指甲间距（拇指）：40 厘米；左手肘和右手肘间距（立正姿势下）：36 厘米，（双手叉腰姿势下）：126 厘米。

19:26　我们将袋子和包裹拿出电梯，将它们放在三楼的楼梯平台上。邻居太太谢谢我的帮忙，并解释说她儿子已经筋疲力尽了，明天还要上学，所以得安排他洗澡、吃饭，马上睡觉，不然的话一定邀请我进屋去坐坐。我回答说我一点也不想给她添麻烦，反正我们住在同一栋楼里，一定后会有期。她回答说她早就知道，因为门卫跟她提起过我。难道门卫跟她说了我放荡不羁的习性？

---

① 比斯巴尔，位于巴塞罗那东北方向 130 公里左右的小镇。

20:00　跟邻居聊得太高兴而耽误了时间，我差点错过8点钟的弥撒。冗长的讲道，但是很有意思。别相信那些欺骗你们的人；要更相信那些不欺骗你们的人。

21:30　我到甜油条店的时候他们已经快打烊了。我买下了所有的剩货。

22:00　我边看电视边把买回来的食物吃光了。确定了，我喜欢我的邻居太太。有时候有些人远在天边，近在眼前。这事情常常发生在我们宇航员的身上。

23:00　换睡衣，刷牙。如果我买一辆摩托车呢？

23:15　阅读《西班牙半个世纪的理发业》第一卷“共和国和内战”。

00:30　祈祷。还是没有古尔布的消息。

18日

07:00　我来到梅赛德斯女士和华金先生的酒吧，他们俩都在。也就是说，梅赛德斯女士和华金先生都在，正在关好金属卷帘门。怎么他们今天改变平时习惯了呢？更确切地说，怎么他们今天颠倒平时习惯了呢？原因：梅赛德斯女士又难受得一夜未眠，现在华金先生要陪她去医院检查。因此今天酒吧不对外营业，这可是让华金先生皱眉头的事。我向他们提议我来看管酒吧，直到他们回来。梅赛德斯女士和华金先生不同意。他们不想给我添麻烦。我告诉他们一点也不麻烦。我之前可不是这么想的。

07:12　华金先生和梅赛德斯女士给我粗略地解释了酒吧里最常用设备的操作方法，就上了一辆伊比萨款的西雅特①，开走了。

---

① 西雅特，西班牙最大的本土汽车品牌，于1950年成立于巴塞罗那。伊比萨是西雅特的一款经典车型。

07:19　我环视了一遍酒吧，又检查了一遍所有的设备。我觉得我会使用所有的设备，除了一个非常复杂的名为“水龙头”的东西。

07:21　加热咖啡机，这样顾客来了不用等水烧热。

07:40　出于同样的缘由，我开始准备三明治。不过我一边准备，一边狼吞虎咽地把它们都吃掉了。

07:56　在吧台上发现一只蟑螂。我试图用一片三明治火腿压死它，可是它逃跑了，躲在水槽和吧台之间。它藏在那里舞动触角嘲笑我。那你等着瞧吧，大剂量的杀虫剂来了。

08:05　我到处找也没有找到啤酒杯，就用嘴贴着输酒管喝啤酒。气泡从我身体各处冒出来，我看起来像一只毛茸茸的小绵羊。

08:20　第一位顾客进店。上帝保佑他点些简易的东西。

08:21　第一位顾客走向我，向我问好。我也对他说早安。我用意念向咖啡机、冰箱和羊角面包传递指示，让它们也向他问早安。这位顾客对如此殷切的问候非常惊讶。

08:24　第一位顾客点了一杯拿铁。我惊恐地发现咖啡机并没有加热。也许这台咖啡机有什么问题，或许是我忘了按某个按钮或者插某个插头。我担心第一位顾客没喝上拿铁就弃店而去，我决定将咖啡机的插头插在我的两个鼻孔里面，通过这个渠道将我充好的一部分能量传递给它。咖啡机熔化了，不过做好的咖啡喷香美味。

08:35　我将拿铁端给第一位顾客。太紧张了，洒了一半。咖啡机的电线还挂在我的鼻孔上，我才意识到（太迟了）我掺进咖啡里面的不是牛奶，而是杀虫剂。气温 21 ℃；相对湿度 50%；东北微风；微浪。

11:25　华金先生回来的时候，我正在尝试将一张粘在天花板上的用二十二个鸡蛋做成的鸡蛋饼取下来。在他注意到各种损坏之前，我跟他说弄砸咖啡机、冰箱、洗碗机、电视机、灯和椅子的钱都由我自己来掏腰包。为了让他高兴起来，我告诉他今天早上午顾客很多。在他离开时空荡荡的收银柜现在已经有了8个比塞塔。也许是我找零的时候算错账了。我担心极了，可是华金先生的反应出乎我意料的淡定，好像我的话一点也没有引起他的兴趣。甚至连我在没有梯子的情况下出现在天花板上，他也一点不惊讶。于是我这才意识到，他是一个人回来的，也就是说梅赛德斯女士没有回来。我好奇发生了什么事。

11:35　华金先生皱着眉说梅赛德斯女士住进了医院，明天必须要给她动手术。好像是出现了一些并发症，需要尽快治疗。他一边说，我们一边关上了酒吧。

11:55　乘坐地铁回到市中心。虽然地铁里上上下下的女孩都十分惊艳，可我都没有注意她们，我的心都纠在了一起。

12:20　从现在到午饭时间，我都在市中心的工地察看正在建设的项目。好像现在往下建楼比往上建楼更加流行。高出地面五六层的楼房在地下都有十到十五层楼，这些地下楼层几乎都用来当大停车场或者私人停车库。这两种用途当中，后者，所谓的“私人停车库”，一段时间以来都更加昂贵。许多富裕的家庭都要面对一个左右为难的窘境：到底是要送他们的孩子去美国念书，还是要拥有一个私人停车库。多年之前情况并非如此，那时候既没有车也没有美国。在那些古老的年代里，楼房在地下几乎连一层都盖不到，不是酒窖，就是食品储藏室或者地牢。

然而，事情并非向来如此。在更古老的地球上都没有历史记录的年代里，所有的房屋都是建在地下的。原始的人类模仿擅长建设的动物们，例如鼹鼠、兔子、獾和（那个时代的）鸭子。鉴于所有这些动物当时没有一种懂得将一块砖头堆在另一块的上方，而人类当时只会向大自然学习，所以他们也没有想到这么干。在那个时代里，有些地方整个城市的地面上都长不出一片棕榈叶来，而地面下却有房屋、街道、广场、剧院和庙宇。那个非常出名的巴比伦（不是出现在历史编年史上的那个，而是更古老的、位于现今苏黎世附近的一个）就是完全在地下的，包括由建筑师兼园艺师阿笨迪奥·格林申布①（后来被神化）设计并完成的著名悬吊花园，他成功地使树木和植物都向下生长。

14:00　我来到昨天甜油条店的地方，发现它不见了。我被弄糊涂了。四处询问之后，我才找到它。原来它实际上是一辆被

---

① 阿笨迪奥·格林申布，作者杜撰的人名。阿笨迪奥来自西班牙的俗话“你比阿笨迪奥还笨”，因而带有幽默意味。

改装成甜油条店的拖车。这拖车的其中一面通过铰链被翻下来，变成了柜台。这面板里面，拖车的内部就是炸甜油条的地方了。这样的系统使得店主可以（在有市政府相应许可的情况下）将店铺安在生意最火的地方。所以，工作日的清晨，它总是在波纳诺瓦山上，由于那里是学校宿舍楼的集中地，所以甜油条店拥有一群忠实的学生、他们的同伴以及老师们作为顾客。而在其余时间，店铺又会转移到其他地方，例如，莫德罗监狱的门口，去那里探访囚犯客户的律师会来光顾，还有囚犯的家人、监视这些囚犯的警卫，以及一些成功逃出监狱的囚犯。也可以安在医院急诊室的对面（给医务人员、轻伤者以及想要挂重病门诊的普通病人）；又或者可以安在斗牛场景点的对面（给游客和疯狂的斗牛士）；再不行就是加泰罗尼亚音乐厅对面（给巴塞罗那乐团成员、管弦乐队），以此类推。

15:00　回到家。电梯门上贴着一张通知，说道：故障。一定是指电梯了。我决定走楼梯。

15:02　从邻居太太家门口走过时，我停下了脚步。里面传出声音。我拆了门铃，将电线插到我的耳朵里来听：是她！情况好像是她儿子不愿意吃一盘蔬菜。邻居太太督促他说如果不吃，就长不大，也不会像超人一样强壮。她又怕这些话说服不了他，就继续威胁说如果不在五分钟之内吃掉这些花菜，就用厨房的搁脚凳砸烂他的门牙。我觉得自己这么窃听他们家的隐私实在丢人，就在门铃上扔下那些电线，继续上楼了。

15:15　我把我买的十公斤甜油条都吃了。太美味了，以至于吃完最后一根后，我把包裹甜油条的油纸也一并吞咽了。

16:00　我躺在床上，眼睛直勾勾地盯着天花板，那上面垂下来几只大得像哈密瓜的蜘蛛。我想念我的邻居太太。任我绞尽脑汁（我都没有那玩意儿），也想不出个接近她的理想的方法。我觉得上门去邀请她共进晚餐的主意既不英明也不合适。也许在提出邀请之前应该先送上一份礼物。绝不能送钱，然而如果真的非送不可，最好是送纸币而不是硬币。送珠宝暗示着更加正式的关系。香水是个微妙的礼物，却也是很个人的东西，得冒着猜不中她喜欢的味道的风险。泻药、乳化剂、敷料、杀虫剂、祛风湿膏和其他的药用品都是排除在礼物考虑范畴之外的。她很可能会喜欢花和小动物。我可以送她一朵玫瑰和二十四条看门狗。

17:20　我一想到邻居太太可能把我送她任何礼物都曲解为我的高傲自负，就顿觉害怕。我试图用杀虫剂消灭那些蜘蛛。

17:45　我需要衣服。上街购置。我买了一条沙滩裤。要不是底下的棉毛内裤会露出来，我一定看上去一副很休闲的样子。然而我的确是需要这棉毛内裤的，因为虽然说天气已经几乎转入夏天（而且气温还有微微上升的趋势），可我的新陈代谢还是没法适应人类的身体机能。我的双脚永远冰冷，小腿和大腿也是。可是我的双膝却总是炽热，一半的臀部也是（另一半又不是）；诸如此类。最糟糕的要数我的头部，也许是持续不断的密集的脑力活动造成的，头部的温度有时候会超过一百五十摄氏度。为了缓和这种热度，我始终戴着一个顶帽，然后在里面不停地加入我在加油站便利店买来的冰块。可惜这个方法没有持久作用：冰块瞬间液化、沸腾，有力地抬起我的顶帽，到现在我起初买的几顶都还飘在空中（如今我已改良了这个系统，将顶帽的边沿用一块极富黏性的橡胶粘在我衬衫的领口上）。我还买了三件短袖衬衫（分别是钴蓝色、黄色和紫红色的）、一双可以光脚穿的绒面便鞋和一条花泳裤，店员小姐们都说这花泳裤一定能让我称霸所有的泳池，但愿上帝也听到了她们的话。

19:00　回到家。我坐在电视机前思考。我要酝酿一个接触邻居太太的计划，同时又不能让她猜疑我的企图。我在镜子前排练。

20:30　上邻居太太的家去。我轻轻地用指关节敲门。邻居太太本人为我开门。我首先为我在夜晚这个时候打搅她道歉，然后我对她说（其实是谎言）我做饭做到一半才意识到家里连一粒米都没有了。她能不能好心借给我一小碗米，我第二天一早，等超市一开门（早上5点?）就去买来还给她。话就说到这里。邻居太太给了我一小碗米，还说不管是明天还是其他日子，都不用还了，邻里间本应当互帮互助。我谢过了她。我们道别。她关上了门。我跑回家，把米扔进垃圾箱。这个计划比我当初设想的结果要好。

20:35　又去敲邻居太太家的门。她本人为我开门。我问她要两勺油。

20:39　又去敲邻居太太家的门。她本人为我开门。我问她要一瓣蒜。

20:42　又去敲邻居太太家的门。她本人为我开门。我问她要四个去了皮和籽的西红柿。

20:44　又去敲邻居太太家的门。她本人为我开门。我问她要盐、胡椒粉、香菜和藏红花。

20:46　又去敲邻居太太家的门。她本人为我开门。我问她要二百克（开水煮过的）洋蓟、豌豆和蚕豆。

20:47　又去敲邻居太太家的门。她本人为我开门。我问她要一斤去壳虾仁、一百克琵琶鱼和二百克新鲜蛤蜊。她给了我 2000 比塞塔，让我上馆子去吃晚饭，别烦她了。

21:00　我沮丧极了，连享用十二公斤外卖甜油条的心情都没有了。吃消化药、换睡衣、刷牙。睡前我高声颂唱祷词。依然没有古尔布的消息。

19日

07:00　到今天（按照二进制系统的算法）古尔布消失已经满一周了。这日子，再加上我最近遭遇的其他不幸事件，让我的心情很低落。我化抑郁为食欲，将昨晚剩下来的甜油条都吃完，牙也不刷地就出了门。

08:00　我来到巴塞罗那大教堂，想给圣女丽塔[①]点支蜡烛，祈求她让古尔布平安归来。我走向圣坛的时候被自己绊倒，我手上点燃的蜡烛烧着了圣坛台布。虽然火很快就被扑灭了，但还是有两只修道院里养的鹅被烤熟了。不祥的预兆。

08:40　离开大教堂，我走进一家咖啡吧吃早餐（之前的甜油条不算）。点了金枪鱼鸡蛋饼、两个带猪血肠的煎鸡蛋、鹿肉培根

① 去向圣女丽塔祈祷的，尤以身患绝症、天花、精神失常的人以及产妇居多。

和蛤蜊。至于喝的，要了（一大桶）啤酒。如此丰盛的一餐理应让我的情绪振作起来，然而却恰恰相反，边吃着我边想起了梅赛德斯女士，此刻她应该在接受手术。我保证如果她能逃过此劫，我就（在不自我分解的条件下）步行去蒙塞拉特山。

09:00　我去兰布拉大街闲逛，走进它周边的一些小街巷。巴塞罗那的这一带有各色人等，只需看一眼就能确信这是一座海港城市，即使它并不是。全世界各个种族的人在此地汇合（如果把我自己也算进人口普查，那么还要加上其他世界）；也是在这里，形形色色的命运相互编织或是擦肩而过。是历史的积淀构建了这样一个社区，今日由它的居民们来丰富它。而他们其中的一个，或许只是个过客，刚刚摸走了我的钱包。

09:50　继续我的闲逛，同时进行着它带给我的思索。为了避免引人注目，我决定使用这一地带的多数人种：黑人种族的体质（但是使用卢奇亚诺·帕瓦罗蒂[①]的长相和体形）。人类所有的种族中，被称为黑人的这个种族（他们的确是黑的）好像是

① 卢奇亚诺·帕瓦罗蒂（1935—2007），世界著名的意大利男高音歌唱家。

最有天赋的：比白人更高、更强壮、更敏捷，还跟白人一样蠢。可是白人们却不把黑人们看在眼里，也许在他们的集体潜意识里依然记得很久很久以前黑人曾是主导的种族，而白人只是他们的从属。黑人帝国的财富来自于阿拉伯水果的种植，他们将这些水果几乎带到了全世界。而其他的种族当时只会打猎，既不懂农耕更不懂捕鱼，他们的饮食有害健康，所以迫切地需要水果来降低胆固醇。只要橙子、梨、桃子和杏还密集地被种植和培育着，黑人种族的权力和财富就能绵延不断。黑人帝国是从巴尔塔萨①二世，也就是另一个巴尔塔萨的曾祖父的时期开始走下坡路的。巴尔塔萨二世在梅尔吉奥和贾斯帕的陪同下去了伯利恒，这个被封为笨蛋的巴尔塔萨二世下令根除帝国所有的水果，将肥沃的土地全部用来种植不管是当年还是现在都没有什么市场价值的没药。

11:00　我来到一个由几个街区的废墟形成的广场上。广场的正中央有一棵挺拔的、毛茸茸的棕榈树，活像一个恶人。好几个老人坐在广场上边晒太阳，边等着家人来接他们。这些可怜的

---

① 巴尔塔萨与下文的梅尔吉奥和贾斯帕都是《圣经》中提到的耶稣诞生后来自东方朝拜的三博士，但《圣经》中没有提到他们的名字。在西班牙每年1月6日的“三王节”，这三位贤士给孩子们带去新年的礼物。

老人都不知道其实他们之中的很多人再也不会被他们的家人接走，因为他们的家人都已经坐邮轮出发去挪威的峡湾玩了。在另一些长凳上可以看到去年夏天就被遗弃的老人，他们已经处于深度木乃伊状态；还有一些是十五天之前被遗弃的，他们正处于对清贫新环境的适应期中。我坐在其中一个老人身边，阅读一份马德里报纸的副刊，这副刊像那群老人一样地被遗弃在这广场上。

12:00　刚放学的孩子们拥来广场。他们玩滚圈环、空中陀螺和捉迷藏。看他们玩耍我就更难过了，因为在我们星球没有这里所谓的童年。我们出生时，必要（以及被授权）的才智、学识和经验被输进我们的认知器官；另外如果我们愿意额外付一笔钱，就可以再输入一本百科全书、一份世界地图、一本万年历、一本西蒙娜·奥尔特加[①]的无限美食集，以及我们钟爱的星球的米其林指南（红色指南和绿色指南）。等到我们成年了，通过测试以后还能获取交通行驶编号、市政条例章程以及宪法法院案例精选集。可是童年，真正意义上的童年，我们是不曾拥有的。在那里我们各自过各自的生活（如此而已），不麻烦自己也

① 西蒙娜·奥尔特加，《一千零八十个食谱》一书的作者，该书于1972年出版，在西班牙全国销售350万册。

不会去找别人的碴儿。人类却不一样，他们像昆虫一样，如果时间允许，一生要经历三个阶段或者说是发展状态。在第一阶段的人叫孩童，第二阶段的叫劳工，第三阶段的则叫退休老人。孩童听任使唤；劳工也是，不同的是他们会因此而获取报酬；退休老人也有报酬，然而他们什么都不让干，因为他们的脉搏不够强壮，手上总掉东西，只有拐杖和报纸是例外。孩童的用处不多。古时候他们被用来挖煤矿，后来随着社会进步他们的这种职能被停止。现在孩童们在午后时间出现在电视里，又跳又叫，嘴里还一派胡言。其实人类跟我们一样，也有（无薪酬的）第四阶段或者说状态，就是僵硬状态，这个状态我还是不细谈了。

14:00　看着被遗弃的老人和嬉戏的孩童，又想到我自己，我越发悲伤，泣不成声。正如我之前说到的，我的体质是“加上和减去”，因此我不具备腺体，来取代我消耗或者排出的东西。这样一来我排出的泪水、汗水以及刚刚的一小块粪便使我的体积骤然减小。此刻我的高度还不及四十厘米。我从长凳上跳到地上，在行人的两腿间奔跑，终于找到一个安全、隐蔽的门廊来重新自我架构。

14:30　我决定把自己扮成马努艾尔·巴斯克斯·蒙塔尔万①，去莱奥帕尔多饭店②吃午饭。

16:30　回到家。我打电话去梅赛德斯女士和华金先生的酒吧，想要问华金先生梅赛德斯女士的手术结果怎么样。一个自称是华金先生朋友的人接的电话，他说在梅赛德斯女士住院接受手术期间，华金先生要履行其（无报酬的）相伴左右的职责，所以这段时间由他代为管理酒吧。我感谢他告诉我这些信息，便挂了电话。

16:33　又打电话去酒吧，询问那个帮华金先生完成（酒吧内）职责的人，手术是不是进行得顺利。答曰顺利，手术结果为医务人员列为“令人满意的”。我感谢他告诉我这些信息，便挂了电话。

16:36　又打电话去酒吧，询问那个帮华金先生完成（酒吧内）

① 马努艾尔·巴斯克斯·蒙塔尔万（1939—2003），西班牙作家和诗人。他的文学作品重塑了弗朗哥时期的次文化，常以幽默的语调嘲讽现实。代表作有以私家侦探卡瓦略为主人公的系列侦探小说。

② 莱奥帕尔多饭店，位于巴塞罗那唐人街的一家餐厅，是蒙塔尔万一系列侦探小说的男主角佩佩·卡瓦略最喜欢的餐厅。

职责的人，是否可以去梅赛德斯女士住的医院探望她。答曰可以，明天起上午 10 点至中午 1 点，下午 4 点至晚上 8 点。我感谢他告诉我这些信息，便挂了电话。

16:39　又打电话去酒吧，询问那个帮华金先生完成（酒吧内）职责的人，梅赛德斯女士住在哪家医院。答曰住在圣泰克拉医院，在奥尔塔小区。我感谢他告诉我这些信息，便挂了电话。

16:42　又打电话去酒吧，询问那个帮华金先生完成（酒吧内）职责的人，圣泰克拉医院是否可以骑自行车去。我还没来得及感谢他告诉我信息，那人也没来得及给我信息，就把电话给挂了。气温 26 ℃；相对湿度 74%；微风；海面无浪。

17:00　我躺在沙发上，想要打个盹儿。可我热得喘不过气来，衣服都粘在了身上。更糟糕的是，沙发的表面以及沙发靠垫的内芯跟我家的其他家具和物品一样，比如窗框和桌腿，全都是塑料材质的。要不然就是用植物纤维了，比如木头和棉花，甚至是动物，例如羊毛和皮，这些东西让我恶心不止，一想到就作呕。我将一只鞋子塞进喉咙，这样可以避免将精美又已买了单的佳肴给吐出来。

17:10　既然热得睡不着觉，我决定化身成圣雄甘地，如此一来我穿得既舒适又凉快；顺便我还能带上一把伞，这个时节有备无患啊。

17:50　睡不踏实。我从梦中惊醒，浑身是汗。迫切想吃甜油条，如果这个不行，那我要见我的邻居太太。

18:00　悄悄地打开公寓的门。看一眼楼梯。没有人。来到楼梯平台。轻轻地关上公寓的门。

18:01　悄悄地上楼梯。没有人看见我。我轻轻地来到邻居太太的家门口。

18:02　悄悄地将双耳贴在邻居太太的公寓门上。没有声音。

18:03　悄悄地检查邻居太太的房门锁。幸好，这是那种所谓的A级防盗门锁（若是普通的门锁，论谁都撬不开了），我不费吹灰之力就将其取下。门被轻轻地打开了，太激动了！

18:04　悄悄地走进邻居太太的家。将背后的门关上，并将门锁置回原处。门廊的摆设很简单，但也很有品位。我将伞搁在伞架上。

18:05　悄悄地来到旁边的房间，据我推断，这间房是作为客厅来用的。那么很有可能就是客厅了。虽然邻居太太的公寓跟我的是一模一样的，然而房间的布局却与我的截然不同，因为我们的生活习惯和需求也不一样。还是别讨论细节了吧。

18:07　悄悄地查看起居室。家具精美绝伦。我坐在沙发上，翘起二郎腿：既优雅又舒适。我坐在一个皮质扶手椅上，翘起二郎腿：既优雅又舒适。我坐在一个羊毛软垫扶手椅上，我还没翘起二郎腿，这扶手椅就咬住我的脚踝。我弄错了：不是一个扶手椅，而是一条睡成了球状的大猎犬。

18:09　在猎犬的追逐下，我飞快地跑过公寓的其他房间。我决定不再蹑手蹑脚。

18:14　我终于跳上了天花板，逃脱了犬口。那条猎犬就在我的下方，等着我掉下去。它无礼地向我咆哮着，露出香蕉般大的尖牙。即使是我以为的扶手椅，我都害怕，现在更别说是一条大狗了！

19:15　我已经在天花板上挂了一个小时了，那条狗看上去既不累也不无聊。我试图催眠它，可是它的大脑太简单了，睡眠和清醒状态都没有什么分别。我好不容易使它眯上了眼睛，这样它的表情看起来不再那么凶恶，可变得异常丑陋。

20:15　我已经在天花板上挂了两个小时了，可这个混账东西还死守在那里。最后时间一长，它一定会厌倦，跑去睡觉。但我担心在这之前，我的邻居太太会回家来，发现天花板上悬着个印度人。

20:30　对这条狗的生理分析让我明白这是一种分子结构非常简单的动物，兴许这事儿的解决方案就隐藏在这结构中。

20:32　搞定了。通过简短的操作，我将那条大猎犬变成了四条北京狗，就这样还多了一只仓鼠的料。从天花板上下来，踢走了北京狗，扫清了障碍。

20:40　如果想要在邻居太太或者她儿子回来之前检查完她的公寓，我就得赶紧了。她儿子到现在还没有放学真是奇怪，也许是因为犯傻而被老师惩罚了。

21:00　检查完毕，以下是我采集到的一些关于邻居太太的数据：姓名：安东尼奥·费尔南德斯·卡尔沃；年龄：56岁；性别：男；婚姻状况：丧偶；职业：保险经纪人。

21:05　我推断我搞错了人家。悄悄地离开，再一次将锁置回门上，悄悄地回到我的公寓。

21:30　郁闷极了。即便是门卫给我送来的甜油条都没法让我开心起来。决定独自下一盘棋。我只能想到这一招：e4[①]。实际上，我从没有非常迷恋这种游戏，然而古尔布不同，这是他的心头好。以前有时我们下棋好像永远都分不出胜负似的，最后他总是对我用他所谓的“将死牧羊人”[②]那一招。我一把一把地吃着甜油条，以解思念之苦。

---

① 国际象棋中的代数记谱法，e4表示开局时兵由初始的e2格向前走两步到e4格。

② 国际象棋的对局目的是把对方的王将死。此处是作者为古尔布杜撰的技术用语。

22:00　换上睡衣。有空我得洗一下这睡衣。我爬上床，阅读《美丽笨女人》，这是一部只有三个情节和五个场景的讽刺喜剧。讲述一个女人只要懂得在何处涂脂抹粉，就能达成目标。也许我没有完全明白这情节。我被今天白天的心情分了心。祈祷，睡觉。还是没有古尔布的消息。

01:30　一记巨大的噪声将我吵醒。几百万（甚至更多）年前，地球经过一系列可怕的灾难而形成：汹涌的海洋冲击海岸线，淹没了岛屿；巨大的山脉倒塌，爆发的火山又形成了新的山脉；地震挪动了各大洲。如今市政府为了纪念这个现象，每晚都派几辆名叫垃圾收集车的装置，在街坊邻居的窗户底下发出那种地表噪音。我起身，去小解，喝一杯水，又回去睡了。

20 日

07:00　我用健康秤称体重。3.8 公斤。如果考虑到我是纯脑力个体，这重量真是太可怕了！我决定每天早晨锻炼身体。

07:30　出门准备去跑六英里。明天，七英里；后天，八英里，以此类推。

07:32　经过一家面包房。我买了一块松仁蛋糕，边吃边走回家。我不跑了，谁爱跑谁去跑吧。

07:35　进楼时，我遇到门卫阿姨在清扫门庭。我开始跟她进行一番听似平常的对话，实际上我却别有企图。谈到天气，我们都觉得有点热。

07:40　谈到交通拥堵，我们强调摩托车太吵。

07:50　谈到物价飞涨，我们将今日的物价与过去做比较。

08:10　谈到年轻一代，我们责备他们颓废无成。

08:25　谈到毒品，我们认为买卖毒品的人都该被判死罪。

08:50　谈到楼里的其他居民（劲爆！劲爆！）。

09:00　谈到莱布尼茨[①]以及新的自然系统和物质间的通信系统（失落！失落！）。

09:30　谈到我的邻居太太（妈的总算谈到了！）。门卫阿姨说她是个好人，她每季度都按时交会费给居委会，但是她（邻居太太）从不费神参加居委会会议。我问她她（邻居太太）是不是已经结婚了，回答说没有。我又问是不是这就意味着那儿子是她（邻居太太）未婚生子。不是：她（邻居太太）曾经嫁给了一个无用的男人；她（门卫阿姨）说，大约两年之前离了婚。他（那个男人）

① 戈特弗里德·威廉·莱布尼茨（1646—1746），德国哲学家、数学家，被誉为十七世纪的亚里士多德。

周末负责照看（他和邻居太太生的）儿子。法官判决让他（那个男人）每月给她（邻居太太）一笔生活费，然而她（门卫阿姨）觉得他（那个男人）并没有给，至少没有给得那么到位。她（门卫阿姨）又说，没见过她（邻居太太）有固定男友，甚至连偶尔的男伴也没见过。她（门卫阿姨）说，她（邻居太太）一定是吸取了先前失败婚姻的教训。虽然因此邻居太太无意间引起她（门卫阿姨）的注意。在她（门卫阿姨）看来，只要不闹出丑闻，每个人都有过自己生活的自由。当然得关起（邻居太太的）家门来。还不能弄出噪音。也不能超过深夜 11 点，因为这是她（门卫阿姨）上床睡觉的时间。我抢下她的扫帚，敲她的头把它折断。

10:30　回到家。我决定变身达朗贝尔[1]去梅赛德斯女士动手术的医院探望她，上帝保佑她顺利康复。

10:50　我来到医院。这栋楼既难看，也不惹人爱。然而看病的人却纷至沓来，还有一些甚至急不可耐。

10:52　我在大厅的探病咨询处询问梅赛德斯女士以及她的伴侣

---

① 让・勒朗・达朗贝尔（1717—1783），法国物理学家、数学家和天文学家。

华金先生在哪个房间。回答说他俩都在602房间。

10:55　在六楼徘徊寻找602房间。

10:59　找到了602房间，按门铃，华金先生让我进门，我照做了。

11:00　梅赛德斯女士躺在床上，但是她醒着，气色也不错。我问及她的健康状况，她说虽然感到虚弱，但还是挺乐观的，还说她今天上午喝了一杯甘菊茶。我将送她的礼物拿给她：一辆电动火车。并告诉她说如果明天她还活着，就把铁轨和道口也带来给她。

11:07　华金先生一宿未眠，有点垂头丧气。他说不管是他还是他老伴儿，梅赛德斯女士，都已经到了该慢条斯理的年纪。还说梅赛德斯女士的病就是一个信号。华金先生说昨晚他在思考，觉得也许该把剩下的年岁用来休息、旅游、给自己一些犒劳；还想也许该把酒吧转让掉。他说这生意虽然兴旺，但太叫人头疼，得需要一个年轻人来掌管。他还说他想也许我会有兴趣接管这个酒吧。华金先生感觉自己观察到我有从事餐饮业的天赋，同时也喜欢这份工作。

11:10　梅赛德斯女士虽然身体虚弱，但仍然表示她赞同丈夫的说法。他俩都在等着我对此表达意见。

11:12　我的第一反应是赞同的。我自认为有能力管理好一个酒吧，甚至可以为它贡献一些创新、大胆的想法。例如，买下隔壁的房产（大众汽车的工厂）在那里开一家甜油条店。华金先生打断我道不用着急，他说，现在想法还只是在酝酿阶段，先要让它成熟起来。这会儿，我最该干的事儿就是回家。因为梅赛德斯女士经历的手术对她的身子骨来说真是一场浩劫。她需要休息。我向他们俩保证第二天还会再来探讨这个想法，便离开了。

11:30　我陷入沉思，在医院里四处徘徊迷了路。华金先生的提议令我迷茫困扰不已。此刻，我起初的激情已被熄灭，静下心来冷静想想，我觉得我的第一反应太过乐观。很显然，我不能接管这个酒吧。租赁或是购买一个酒吧来达到开发（利润）的目的，这种可能性甚至都没有出现在我们空间任务的命令陈述中。不过的确也没有对此的严格禁令。我得要咨询一下。气温

26 ℃；相对湿度 70%；东南微风；微浪。

12:30 我继续在医院里徘徊，还是没有想出个所以然，却发现了一家医院的咖啡馆。我决定先休息一下吃点东西，即使有点早。那些有胃的人都说："吃饱了才能想得更明白些。"

12:31 咖啡馆里空无一人。幸好柜台上食物齐全，还是自取系统。我特别喜欢自助餐，因为我可以依我个人的喜好来吃东西，无需给任何人一个解释。如果我就是喜欢用小青椒蘸着奶咖吃，这关别人什么事呢？对不？

13:00 我吃得越多，想得越深刻，也越发觉得定居在地球上这个想法非常疯狂。首先，如果这样就意味着古尔布（已失踪）和我要放弃原先被委托的使命。那可就是真正的背叛了。而背叛的理由却显得空洞无力，因为归根结底，一切都是原则问题。而我可不管原则，我想要去的是人类所谓的"四处各地"。更具有说服力的理由是生理上的。我不知道在这如此蛮俗的星球上，我的机能对这里的生活条件还能抵抗多久。我也不知道什么样的危险正在威胁我。甚至还不知道我在此地的出现是否会给人类带来危险。显然我奇特的构造和所携带的电源在我的所到之处都引起了麻烦。我家的电梯总是出故障，以及电视节目总会在我要看（或者录）的时候推迟开始，这些都不可能只是巧合。此时此刻，走在医院走廊里，我听到了一段令我惊恐的对话。一位医生紧皱着眉头对他的护士说，今天早晨医院里的仪器设备都像疯了似的。据说重症监护病房的病人跳起了兰巴达[①]，路易斯·马里亚诺[②]出现在扫描仪的屏幕上，正唱着《我的爱人》。皱着眉头的医生还说，这些无法解释的现象发生在早上10点50分。简直好像那个时候医院里进来了一个火星人。他这么说，将我和那些只会打高尔夫和抱怨服务质量的凡夫俗子混为一谈，着实冒犯了我。我可不跟他一般见识，只得强忍怒气。

我当然可以改变我的生理机能，让它适应人类的分子结构。如果我真打算决定这么干，必须小心选择模型，因为这将是一个不可逆的过程。真是个重大的决定。如果变异之后，我发现我并不幸福怎么办？如果变异之后，我和邻居太太以悲剧收场怎么办？我能抗得住思念家乡星球的煎熬吗？1992年之后的经济形势又是怎样呢[③]？太多的未知数了。要是有个人能听我诉苦该有多好啊！

---

① 兰巴达，巴西的一种贴身舞。

② 路易斯·马里亚诺（1914—1970），西班牙20世纪五六十年代的著名男高音歌唱家，擅长轻歌剧和电影音乐。

③ 指1992年巴塞罗那奥运会后的西班牙经济形势。

13:30　决定离开咖啡馆。当我尝试付账的时候，发现这个咖啡馆并不是自助式的。事实上，这个我刚吃了东西的地方，并非一个咖啡馆。我悄悄地溜走了。

14:15　我坐在加泰罗尼亚广场的一个长椅上思考。毫无疑问，唯一合理的结局就是当作使命已经完成，然后回我们自己的星球去。我也不知道使命的目标是否算是已经完成。但是，说到底其实也无所谓。因为最终也没有人会去看报告。问题在于我独自一个人回不去。机舱仍然有故障，而我却不会修。即使它能自我修复，我也不会发动它，就更别说是驾驶了。这些机舱都是为两个机务人员设计的。这样就避免了某一个操作人员使用飞船来完成他自己的目的，例如泡妞或者当出租车使。其实我也可以向位于心宿二的AF空间站求救，但那样作用也不大。即使他们派一架施救飞船来，那架飞船也是由两个人员操作，那么如果其中一个跟我一起回去，另一个怎么办呢？

15:00　鸽子粪把我从头盖到脚，日本游客拿我当国家纪念碑似的拍照，我决定不再思考，离开加泰罗尼亚广场。

15:45　回家。家里很热，尤其是每天的这个时候。如果不是因为家电的震动会摧毁我身上各处的接头，我早就安空调了。冰箱就是这样：有时候挺安静，然而它突然间没有任何征兆的一阵羊癫疯真叫我抓狂。又比如说昨天，我只是启动了搅拌器，就将我的股骨震碎成三段。幸好我有备用的。电风扇更为坚实一点，但它运作时会使我犯晕，因为我老是两眼直勾勾地盯着风扇叶片看。总而言之，还是远离家用电器比较好，然后随着气温的上升，脱去更多的衣服。我现在只穿T恤衫和袜子。

17:00　整个宇宙应该都没有什么比人类的身体更加糟糕的玩意儿了。只要看贴在头颅上的两只耳朵，就知其劣质。脚丫子很可笑，肠子又如此恶心，就更别提面目滑稽的头骨了。然而所有这一切也不能都怪人类自己。他们确实进化得不走运。

18:00　出门去散个步。街上比平时更热闹，因为天气变热，大批市民走上街头，坐满了酒吧摆在垃圾桶之间的露天餐台。市民们在那里相互喧哗、自我污染、自我毒害，然后付了酒钱，便各自回家了。我被他们的举止感染，买了一个蛋筒冰激凌。鉴于这是我第一次接触这样的东西，我先把蛋筒吃了，然后对着手中的冰激凌球不知如何是好。我把它搞得一团糟，完全不知所措，最后把剩下的冰激凌扔进了垃圾箱。

18:40　散步回家的路上，我在远处看见了邻居太太。真是天赐良机。为了避免被她看到我的丑态，我避而远行。但我已经下定决心，今天就要把我们俩的事儿说清楚。我去文具店买了写信用的东西，去杂货店里买了邮票。气温 28 ℃；相对湿度 79%；无风；海面无浪。

19:00　我把自己关在家里，刷完牙，我把写信需要用到的东西都摊在桌子上：一沓纸、笔记本、墨水、钢笔、尺、吸水纸、圆珠笔（备用）、玛丽亚·莫莉内尔①编纂的词典、（情爱和商务）书信撰写手册、谚语集、塞恩斯·罗伯斯②的西班牙诗歌集以及一本《国家报》风格的指南。

19:45　“亲爱的邻居女孩儿，

我是个长相俊美、浪漫又亲切的年轻小伙儿。我的经济状况小康，对待严肃的事情一丝不苟（同时我也爱风流）。我热爱

① 玛丽亚·莫莉内尔（1900—1981），西班牙语辞典编纂家，她编辑的《西语用法词典》被认为是除了《西班牙皇家学院辞典》之外最好的词典。

② 塞恩斯·罗伯斯，西班牙作家，更多以文学评论员的身份为人所知。

（除了甜油条以外）乘地铁、擦皮鞋、看橱窗、狠命吐痰和追女孩儿。我讨厌任何形式的蔬菜、刷牙和听广播。我觉得我会是个好丈夫（如果真有那么一天的话）和好父亲（我对小孩子非常有耐心）。你想更多地了解我么？晚上9点30分，我在家等你。家里有（免费的）吃的和喝的。我们可以聊我告诉你的这些事儿，也可以聊别的事情。嘻嘻，盼复。我为你痴狂。”

19:55　读了一遍刚写的信。我把它撕了。

20:55　“亲爱的邻居女孩儿，

既然我们住在同一栋楼里，我觉得我们也许应该更多地了解彼此。9点30分来我家吧。我会准备一些吃的，我们可以聊聊关于这栋楼的一些事情（以及其他的与这栋楼无关的事情）。致敬，你的邻居。”

21:05　读了一遍刚写的信。我把它撕了。

21:20　“亲爱的邻居女孩儿，

我们家冰箱里面的食物就快要变质了，不如你过来，我们一起吃了吧。我们还可以顺便聊聊这栋楼和它的维修问题（电梯的新马达、外墙修复，等等）。晚上10点钟，我在家等你。致敬，一位邻居。”

21:30　读了一遍刚写的信。我把它撕了。

22:00　“我家的墙上满是裂缝……”

22:20　“我的食物都腐烂了……”

23:00　我独自在街角的中餐馆吃晚饭。由于我是唯一一位顾客，饭店老板坐到了我身边跟我聊天。他叫皮拉林·高（是一个无良的传教士给他起的名字[①]），江西人。小时候要移民去旧金山，可是上错了船，所以便来到了巴塞罗那。因为连拉丁字母都不会，所以他至今仍没有意识到这个错误，我也就将错就错。他结了婚，有四个孩子：皮拉林（长子）、姜、王和塞吉。他没日没夜地工作，每周只休息一天。周日是他和他的家人一起寻找金门大桥的日子（至今无果），所以不工作。他告诉我他的梦想是回中国，这也就是为什么他要工作和存钱。他问我我

---

① 皮拉林，加泰罗尼亚地区著名的卡通形象。

是从事什么职业的，为了不把他弄糊涂，我说我是专门唱波列罗舞曲的。“哦，我很喜欢波列罗舞曲，”他说，“因为这会让我想起我亲爱的家乡，江西。”他请我喝了一杯中国烈酒，是用客人吃剩的饭菜蒸馏制作的。是一种咖啡色的稠状液体，味道很难说清楚，但是酒香浓郁。

00:00　我们共唱《无尽热吻》，干了一杯。

00:05　我们共唱《当我和你在一起》，又干了一杯。

00:10　我们共唱《你习惯了我》，又干了一杯。

00:15　我们把面粉做成许多小辫子，一起唱《昨夜我对月儿说》，唱完后我们一起出门去找金门大桥。为了让气氛更浓一些，我带上了那瓶烈酒。

00:30　我们高唱着《又一次面对面》来到巴尔梅斯大街，四处问人有没有见过一座吊桥。真好笑！

00:50　我们坐在大西洋银行的门口，唱起了《小心你的谎言》。

号啕大哭。

01:20　我们坐在大教堂门前的阶梯上，唱起了《让我为你伤害我感情的方式鼓掌》。号啕大哭。

01:40　我们躺在圣菲利普内利广场的地上，唱起了《你的爱伤我更深》。号啕大哭。

02:00　我们放声高歌，绕着圣家大教堂打转。金门大桥无处可寻，然而当我们转到第三圈时，苏巴拉奇斯[①]从一个小窗口探出头来，好奇外面发生了啥事。我们为他唱了一首《我要熄灯只为思念你》。

02:20　我们叫了一辆出租车。坐上车，我们对司机说我们要去中国。一路上我们唱着《我忘了其实我已忘记了你》。

02:30　出租车司机把我们放在警察局门口，居然还问我们收车

---

① 约瑟夫·玛丽亚·苏巴拉奇斯（1927—　），西班牙著名画家、雕塑家。他曾于1987年至2009年间负责圣家大教堂的设计和雕塑工作。在此期间，苏巴拉奇斯本人就住在教堂里的一间简陋的祈祷室里。

费。我们一个子儿也没给他。

02:55　被警方警告过后，我回到了家。我四肢着地地爬着楼梯，上帝保佑我这副窘样别被邻居太太撞见。

03:10　房间里的一切都在打转，我呻吟着祈祷了几句就上床睡觉了。还是没有古尔布的消息。

21日

09:20　醒来时我被一种奇怪的感觉所纠缠。我恍惚了一阵才想起昨晚发生的事情。那些事情让我明白我怎么会又头痛欲裂又犯恶心，但是却无法解释我内心的忐忑之情。任凭我努力回想，也记不起我是什么时候把床挪到阳台上的；更记不起我何时买过印着淫荡图案的床单。我赶走了在床罩上打盹儿的鸽子，起床。

09:30　医药柜里没有果子盐了，但有一瓶薄荷水。我是不是疯了？如果真是这样，也是我放荡无度而咎由自取。

09:40　有人敲门。跑去开门。是个提着包裹的小男孩。包裹里是两套“托尼·米罗”牌亚麻西装。收货单上说这衣服是昨天我自己下的单。我不明白这是怎么回事，但也无力争吵。付了钱，小男孩走了。

09:50　有人敲门。跑去开门。是个拿着盒子的小男孩。里面是五公斤的白鲟鱼子酱和十二瓶库克香槟[①]，收货单上说这些东西都是昨天我自己在一家名叫塞蒙的店里买的。一头雾水。付了钱，小男孩走了。

10:00　有人敲门。跑去开门。是几个装修工人，他们来安装昨天我自己下了单的按摩浴缸。随他们吧。他们拿着喷枪，推倒了墙。

10:05　我满是困惑地出了门。小心翼翼地下楼。为了不发生意外，我坐着往下挪，一个台阶一个台阶地往下滑。经过邻居太太家门口时，我加快步子以免被她看见我这么丢脸的姿势。

10:12　门卫阿姨正皱着眉头在大门口等我。我本想避开她，却被她逮个正着。她说这工程不能这么进行下去；说虽然她是个很大度的人，但为了整栋楼的声誉，她不能对此坐视不理；说

① 法国香槟，每瓶售价可达到511欧元。

这实在是丑事一桩。门卫阿姨还说如果我要自我摧残、挥霍钱财、自毁名声，那是我的事情，但要影响到整栋楼的居民，她绝不允许。接下来她在我脑袋上把（新）扫帚砸得稀巴烂。

10:23　上了一辆公车。公车司机命令我下车。他宣称只要他还是司机，就不能允许像我这样的烂人上车。

11:36　走了很长一段路，终于来到了梅赛德斯女士的医院。进门之前，拿着水管的护士们对我从头到脚进行了烟熏消毒，还问我到底怎么了。

11:40　来到 602 房间，梅赛德斯女士的气色比前一天好多了。华金先生的心情也再次好了起来。然而见到我，他又皱起了眉头。华金先生对我说，不管怎么样，我还有他。他们夫妇俩都很喜欢我，都深信虽然我偶尔会有疯狂的举动，但在内心深处，我是个好人。毕竟，谁没有些缺点呢。我不知如何对答，就拿出我带来给梅赛德斯女士的礼物（一个奥列佛·哈台[①]的面部

① 奥列佛·哈台（1892—1957），美国著名喜剧演员。

遗容模型），便走向门的方向打算离开。刚要走出门，梅赛德斯女士叫住我。我走到她床边，双膝跪下，她亲吻了我的额头，大颗泪珠从她苍白又满是皱纹的脸颊上滚落下来。我们看上去像是新版的《科学与博爱》[①]。

11:59　回到街上。几个小孩朝我扔河马粪。他们特地为此跑去动物园找来的。我还没吃早饭。

12:30　任凭我如何手舞足蹈都没有出租车停下来，我步行到家，累得气喘吁吁。毋庸置疑我不是什么好人，但我仍然不明白我到底做错了什么会招来大伙的集体唾弃。卖甜油条的家伙不卖甜油条给我，甚至连邻居老伯都不跟我打招呼。

12:35　进了家门。装修工人已经走了，他们装好了按摩浴缸、一个桑拿房、一个舞池、一个温控泳池、两个早餐吧、一个水族馆、一个游戏房和一个鸦片馆。所有这一切安在一套六十平方米的公寓里！

---

① 毕加索16岁时完成的画作。画中一个垂死的女人躺在床上，边上有一位医生和一位修女护士，护士手中抱着这女人刚诞下的婴儿。这幅画代表了科学以及救死扶伤的神职人员。

12:45　我坐在蹦床上思考发生的这些事。要不就是这个著名城市的所有居民都在参与一个针对我的阴谋，要不就是我的行为举止不当遭人谴责，而我却被蒙在鼓里。鉴于第一种可能性是无法想象的，我比较倾向第二种。如果真是这样，考虑到我的谈吐举止一向直截了当，我于是推断这个星球上有一种会影响我的毒气。或者，至少在巴塞罗那有。也许我应该去韦斯卡省，看看在那里我的谈吐举止会是怎么样。不过也有可能是因为我的电路都开始生锈了。

13:30　一声低语将我从思绪中唤醒。有人从门缝底下塞进来一个信封。上面没有写寄信人。信封里只有一张纸，内容如下：

嗨，大帅哥！你想要寻欢作乐吗？

如果你兜里有钱，就来找我们吧。

技术精湛，至尊满足感。

环境优雅，提供录像租售。

地址：佩德拉贝斯高速公路（上上下下大约五分钟车程）。

13:45　我一遍又一遍地读这段话。我虽不知道是谁寄给我的，但是非常确信给我写信的人是整个事情的关键点。我已经知道我应该怎么做了。

14:05　开始进行每一位太空勇士在战斗之前都要操练的体力和脑力准备。虎式：弓背、曲膝、挺胸、曲臂。我那坚实如铁的肌肉!

14:06　抽筋。

14:24　全身抹满肌肉酸痛缓解药膏，继续每一位太空勇士在战斗之前都要操练的体力和脑力准备。大脑放空。

15:50　天啊！我睡过了头。决定结束每一位太空勇士在战斗之前都要操练的体力和脑力准备。加热我前天吃剩下的甜油条，我一边吃，一边全神贯注地盯着镜子里的我。

16:30　为了融入我双脚（以及我坚定的决心）所将要迈入的区域，我决定变身吉柏贝考[①]，并打扮成忍者的样子上街。引来了

① 吉柏贝考（1927—2001），法国著名歌手，曾为多部电影配乐。

仰慕和惊恐的目光。

17:00　抱着学习的目的，我去电影院看阿诺德·施瓦辛格的新电影。我（非常）惊讶地发现电影是由加泰罗尼亚大区政府赞助拍摄的，而且所有的取景全都是在圣罗伦斯德莫鲁尼斯①。不排除我进错放映厅的可能。

19:00　离开电影院。我来到一家车行。我对接待我的销售人员解释我要找的车：一辆白色的带有额外装置的阿斯顿·马丁②，这装置可以使它从车尾部发射出一连串钉子来避免开在（它）后面的车追尾。销售人员说我要的车已经下了订单，但是还没有到。同样的价格我也可以买一辆西雅特 850 货车，它跑起来的时候也能从排气管里发射螺丝和电线。

20:04　我在土赛特大街遇到了宗教游行队伍，我一路吟诵着皇皇圣体歌，陪他们走了三个街区。

---

① 圣罗伦斯德莫鲁尼斯，位于巴塞罗那西北方向的自治市，是冬天的滑雪胜地之一。

② 阿斯顿·马丁，英国品牌汽车，以生产敞篷汽车、赛车及豪华跑车闻名，是詹姆斯·邦德系列电影里的专用车。

21:00　准备好开始行动了。坐上驾驶座。系好安全带。戴好头盔。让·保罗·高提耶[①]的墨镜。詹弗兰科·费雷[②]的围巾。普林斯[③]的音乐带。万宝路的贴纸。以及轰……轰……轰……

21:05　十字路口因为道路施工被封。我改走埃斯普鲁加斯公路。

21:10　埃斯普鲁加斯公路因为道路施工被封。我改走莫林斯德雷伊。

21:20　莫林斯德雷伊因为道路施工被封。我改走塔拉戈纳高速公路。

22:20　参观巴拉凯旋门[④]、艾斯西必欧奈斯塔[⑤]、建筑博物馆和

---

① 让·保罗·高提耶（1952—　），法国时尚设计大师，创立有同名品牌。

② 詹弗兰科·费雷（1944—2007），意大利著名时装设计师。

③ 普林斯（1958—2016），广受欢迎和有影响力的美国流行音乐歌手。

④ 巴拉凯旋门，位于塔拉戈纳市以北20公里处的凯旋门。

⑤ 艾斯西必欧奈斯塔，位于塔拉戈纳市郊的罗马墓葬塔，建于公元前1世纪。

大教堂（路易·博拉萨[1]的画很漂亮）。

23:00　启程回家，途经特鲁埃尔和索里亚省。

01:40　我把车停在一个不起眼的铁门门口，那里站着两名私人保安公司的职员、两名民警、两名行政负责人、两名加泰罗尼亚地区警察、两名自然保护研究所代表和一个装甲师分队。这架式表明这是个奢华（也排外）的地方。

01:41　我把车钥匙抛向空中，被停车员灵敏地接住。

01:42　门卫示意我要出示证件。我给他看我的身份证、驾驶证、加泰罗尼亚图书馆会员卡、维尔加拉大街影碟俱乐部会员卡、圣母马利亚会会众证明。没有一个有效的。

01:43　停车员把车钥匙还给我，借口说他们只有宝马的尺寸，所以如果帮我停车，恐怕车灯会撞凹人行道。

01:44　障碍重重，我决定离开此地，上车，打道回府。

---

① 路易·博拉萨（1360—1425），阿拉贡王朝时期的宫廷画家。

01:46　我忽然想起詹姆斯·邦德，他的越挫越勇的精神。圣母马利亚，我对我的临阵退缩感到羞耻。狠命踩刹车。撞丢了机架、机轴、底盘和一件非常滑稽的写着“我♥我的丈母娘”的T恤衫。

01:50　回到那地方，躲在暗处。我的牙齿间藏了一把瑞士军刀。连我自己都害怕。

01:55　我不费吹灰之力就找到了空调室外机的安全网罩，我用军刀划开了安全网罩。那把军刀装有螺丝起子、开瓶器、螺丝锥、小锯子和六个卷发棒（这么莫名其妙的东西居然是如此严肃的瑞士人给发明的）。

02:00　我钻入了空调的管道，真是冒险的经历呀！

02:20　我在这些恶心的管道里匍匐前进了二十分钟，还是一个出口也没有找到。即便只是找到刚才钻进来的口也好，至少我也可以回家了，那样的话，就让詹姆斯·邦德见鬼去吧！

03:00　继续在空调管道里摸索，我差不多已经爬了好几公里了。里面寒冷刺骨，因为老板们总是很热，所以不管在哪里或是什么季节，他们总要求把空调调到最低温。管道里面也很黑，不过这个不要紧，我可以应付，在黑暗中生活每个月能省下好多钱呢。况且这种能力，使我越过一路上的重重障碍：老鼠、工业垃圾、碎石头和尸体。那些尸体呈现明显被冻死的迹象。经过初步检验，我推断这些尸体属于一些急功近利的老板候选人，他们被拒绝从正门进入这家夜总会，于是就跟我现在一样，试图从空调管道里钻进去。

03:40　看到远处有一束微光。是出口！我再使最后一把劲儿。终于出来了。一个栅栏挡住了我的去路。我一脚将它踢开。我从栅栏的洞里滚了出去。我掉在一个为二十位客人准备的餐桌上。幸好，一个客人也不在。

03:41　有个服务生听到了撞击声，便过来命令我立刻离开那张桌子。他说这张餐桌是为摩纳哥的斯蒂芬妮公主、她的未婚夫和一些随从预留的。还说，事实上他们是1978年4月9日预定的位子，但是一个人也没出现。然而考虑到客人的身份，餐厅经理认为不能随意取消预订。服务生继续说道，每周一次，要清洗桌布和餐巾、擦亮餐具、更换花束、清除蚂蚁以及把（白的、全麦的和豆浆做的）面包换成刚刚出炉的。角落里有六个被蜘蛛网盖着的摄影师。

03:44　我回到地上站好，服务生对我说，如果我要吃饭，可以去这个饭店的任何一个空位。此刻整个饭店空无一人，因为真正体面的人是从不会在清晨五点或者五点半以前吃晚饭的，这样就跟需要早起、早用膳的普通大众划清了界限。我回答说，我先在吧台上喝一杯（气泡酒）。

03:45　气泡酒喝得我不舒服，我于是一边数着泡泡消磨时间，不咽下它们（莫名其妙）产生的液体，一边听着同坐在吧台上的三个人的谈话。这些人的对话内容应该是挺有趣的，但是由于他们饮酒无度，打嗝声此起彼伏，谈话显得模糊不清。其实要推断他们的谈话内容也不难，因为加泰罗尼亚人永远只谈一件事，那就是工作。只要两个或者两个以上加泰罗尼亚人坐在一起，每个人都会不厌其烦地讲述他的工作。他们用七到八个术语（独家经营权、佣金、定货簿等等）就能进行一场激烈的、无休止的辩论。这个星球上没有比加泰罗尼亚人更热爱工作的人了。如果他们真的会干点儿什么，就能统治这个世界了。

04:00　一位年轻有魅力的女孩向我走来。她毫无羞色地问我在念书还是在工作。我回答她说，实际上这两件事没有太大的分别，因为一个勤奋念书的人就是在（为明天）做最重要的准备工作；同样的，一个全心全意工作的人，每一天都会学到新的东西。毫无疑问，那女孩对我的回答甚为满意，迅速走远了。

06:00　时间一分一秒地过去，我还是一无所获。我第一次开始想，我的直觉有误。客人进了门，吃了饭，纷纷离去。有些人在商务宴请中一下子瘦了那么多，以至于在餐后咖啡前就不见了踪影。我还是在这里，看着被端来端去的香煎鳕鱼排，数着气泡。服务员为了不让我觉得无聊，已经为我换了四杯酒。我该走了。

06:15　店里只剩我一个人了。我困倦难挡。我甚至觉得我不小心打了两个盹儿，因为我身前的吧台桌上有好几个凹陷。我叫服务员买单，准备回家。我的狩猎活动就算结束了。

06:16　我正在考虑最安全的从高脚椅上下来的方法时，进来一位客人，他将左手手肘搁在吧台上，右手的拇指和中指发出咔嗒声。服务员走过来，这位客人要了一杯威士忌。“哪一种？”“麦芽的。”“大杯？”“小杯。”“加冰？”“没错。”“两块冰？”“三块。”“掺点水？”“好。”“矿泉水？”“对。”“有气的？”“无气的。”服务员走了。那位客人晕厥了过去。

06:20　我对他施行人工呼吸，并用力扇他耳光，想让他醒来。由于我将两者同时进行，最后挨揍更多的人反而是我。

06:25　服务员拿来他点的酒时，那位客人刚好醒来。他一口气喝完了酒，又倒了下去，故技重施。

07:00　我和那位客人一起出了店。他靠着我，我靠着墙。外面，鸟儿在枝头鸣唱，太阳初醒的脸庞露出了地平线，这画面意味着已经是第[①]。

---

① 原文此处未完。

22 日

07:00　同前。

07:05　我没想到我（被保护）的新朋友虽然身体虚弱，却用力挣脱了我的双臂。更确切地说，他扯断了我的双臂。我一边将它们装回原处，他一边向我道歉。上帝啊，这又不是什么大不了的事儿。我（被保护）的新朋友对我说，其实他不像看起来那么醉，只是劳累过度。他好几天都没睡觉，而且已经这样好几个月了。我问他原因何在。

07:30　管理层的苦难日子：研究股票市场、外汇市场、期货市场，却一知半解；咖啡加（脱脂）牛奶，面包干加人造黄油，各种药片；洗澡，剃须，须后水涂满脸；穿衣打扮：这里一件杰尼亚[①]，那里一套杰尼亚。给孩子们洗澡、换衣、梳头，再把他们

① 杰尼亚，意大利高端潮流男装品牌，是意大利最古老的家族企业之一。

领上车。爸爸送他们去上学。昨晚在妈妈家里吃晚饭，但是在爸爸家里过夜，今晚却要去妈妈家里睡接着明天妈妈送他们去学校。之后爸爸去接他们放学，在爸爸家里或是妈妈家里吃晚饭（电话联系再确定）。其中一个孩子是他亲生的，而另一个他之前从未见过，也不想追问。自从他（友好地）跟他老婆离了婚，他最好对啥事都不闻不问。这位行政主管用双膝驾驶汽车；右手拿车上手机装置；左手调节汽车收音机；左手肘调节车窗；右手肘避免小孩玩弄换挡器；胡须用来按汽车喇叭。办公室里：电传、传真、信件、答录机的留言，查看日程安排。安娜，给我取消11点的约；安娜，给我安排一个12点的约；安娜，给我在黄金餐厅订个4点钟的位；安娜，给我取消我在雷诺餐厅订的桌子；安娜，给我订一张明天去慕尼黑的飞机票；安娜，给我取消今天下午去日内瓦的机票预订；安娜，把药拿给我。这位行政主管还利用短暂的休息时间学习英语：

> 我的名字是佩佩·罗韦洛，
> 身体只有郡吏手指上一颗玛瑙那么大，
> 几匹蚂蚁大小的细马替我拖着车子，
> 越过酣睡的人们的鼻梁。①

---

① 选自《罗密欧与朱丽叶》剧本，第一幕第四场。

这位行政主管还学跳弗拉门戈舞。舞蹈老师责备他，因为很明显他没有在家练习。“荷西，罗韦洛！注意你那手臂，腰要扭起来！”行政主管骑在他的川崎摩托车上练习打击响板，引起了交通事故，因而到达壁球俱乐部时他迟到了。他穿着有荷叶边饰的弗拉门戈舞台装打了两场球。行政主管外出用餐时只吃一盘芹菜（无盐）、一杯薄荷茶和一支科伊巴雪茄。药片、消化糖浆、各种维生素片。行政主管的疾病有：胃炎、鼻窦炎、偏头痛、血液循环问题和慢性便秘。他把雪茄和消痔栓弄混了。上健美操课时他骨折了；骨科医生替他治好；按摩师又把他弄骨折了。另外一个问题：他的第二任前妻怀上了他第一任前妻的前夫的小孩，问：A. 这个新生儿应该姓什么？B. 超声波的钱应该由谁来付呢？还有一个问题：游艇的船员们哗变了，在黄金海岸线一带抢劫犯罪。

07:50　行政主管与我道别。他说，喝完了最后一杯酒，他的任务就完成了，可以心满意足地开始新的一天的生活了。他戴上头盔和手套。我问他现在这个状态是不是合适开摩托车。他说：“你瞎说什么呢！骑摩托车！你当我是谁啊？在城里我只用滑翔机。”

08:00　我们在佩德拉尔贝斯公路上一遍又一遍地上上下下，终于让滑翔机升空了。它渐飞渐高。我的行政主管朋友在早晨的蓝天中向我道别：再见，再见了，我们永远都怀念巴塞罗那[①]。

08:05　我尝试拖着脚回家。要不就是这个（通俗）短语与事实不符，要不就是有一种我不知道的可以同时拖着两条腿前进的方法。我尝试只拖一条腿，然后用另一条（腿）往前一跳。我一头摔了个狗啃泥。

08:06　我正思考着“狗啃泥”这词的含义，忽然看到眼前有一只钱包。初步分析结果是它的生命起源于一条鳄鱼。更为详细的分析表明它曾历经多人之手，一直到它被遗失的时候，这只钱包属于我那行政主管朋友。而现在，这个钱包属于我对于拾金不昧的特别理解，哈哈。气温 23 ℃；相对湿度 56%；小型东风；微浪。

08:07　查看行政主管的钱包里都有些什么。三四千比塞塔——

① 作者模仿美国电影《卡萨布兰卡》里的经典台词：我们永远都怀念巴黎（那段美好的时光）。

立刻被转移到我的兜里。身份证、驾照、信用卡、一些表明其主人为在职的精英人士的卡片以及一张狼狗在树边的照片。总而言之，收获寥寥。

08:10　我正要把这钱包扔进下水道时，发现里面还有一个拉着拉链的分格。奋力打开。我到现在还不会摆弄拉链这个奇怪的装置（也不明白何以如此荒唐的东西会变得如此常用），于是乎，我将它拆坏了。我从这分格里取出一张照片。一个美丽动人的姑娘。照片的背后是一段献辞：嗨，宝贝，甜心！谁会爱你至死不渝？你的小猫儿。

08:11　哎哟。

08:12　我决定回家。来了一辆出租车，扬手，上车。回家的路上，出租车里放着新闻广播。万德洛斯核电站[1]又出了事故。核电站的一位发言人向公众宣传突变异种的优势所在。“每一天都会给家人带来新的惊喜！”他大叫。出租车司机看起来不怎么信以为真。他说，如果是他来负责，那就把核电站搬到多尼

---

①　万德洛斯核电站，位于西班牙东北部的塔拉格纳自治市。

亚那国家公园[1]去，让那些该死的受保护物种也学学变异。

08:30　我三步并两步进了家门。邻居们对我的敌意与日俱增。门卫阿姨用她的扫帚柄做了一个吹箭筒，然后对我发射浸过毒的飞镖。另一个邻居见我经过，就从楼梯的缝隙间朝我倒沸油。还有一个邻居把多毛毒蜘蛛放进我家。我要狠命使用杀虫剂了。

08:45　我决定为这次的误解画上个句号。今天下午，我要聚集所有的邻居，请他们喝下午茶，（耐心）听他们的抱怨，在他们的面前变回原形。如果他们之中有人想要去游泳池里清凉一把，我会免费给他们这个机会。

08:50　出门去买聚会要用的东西。我变身宽宏的阿方索五世（1396—1458）来到大街上。

09:00　买了两打法国奶油球形面包、一块黄油、一百克粗香肠和一瓶苏打水。

---

① 多尼亚那国家公园，位于西班牙西南面的安达卢西亚大省内。

09:10　买了纸灯笼、气球、飘带。

09:20　回到家。信箱里发现蝎子；电梯里发现一条眼镜蛇；楼梯平台上发现凝固汽油。

09:50　准备好三明治。做得不太美观，可能是因为没有刀，我使上了我的钳子的关系。

10:00　撰写邀请函。我很荣幸地邀请……先生和女士来参加即将举行的聚会，等等等等。请务必以黑色着装出席，等等等等。写得很不错。

10:05　我把邀请函分别装入信封中。用舌头舔一下有黏性的封条，以便把它们黏（在一起）。胶水美味极了，我忍不住吃了三个带邀请函的信封。我一边干着，一边想着如果事情都像我希望地那样发展：梅赛德斯女士的酒吧、我的邻居太太，等等，我会有多么幸福。我开始圣诞节倒数了。

10:15　一声低语将我从白日梦中唤醒。有人从门缝底下塞进来一个信封。上面没有写寄信人。信封里只有一张纸，内容如下：

怎么样？昨晚激情四射吗？

如果你今晚来看我，我们还可以更欢畅哦！

我是你裹着蜂蜜糖浆的小布丁，另含香精和防腐剂（E413，E642），

只供你那虎口独享。

地址：蛋黄杏仁糖大街，5号，二层阁楼。（与拉斯考特斯大街交界处）

附言：别理你那些邻居，他们都是凡夫俗子。

10:25　感觉有人决心要阻碍我融入社会。我撕毁了邀请函，吃完了法国奶油面包，烧毁了纸灯笼，用飘带做了一条夏威夷舞裙。

10:40　跳了一会儿舞，不过很快就厌倦了。

10:45　打电话去梅赛德斯女士住的医院。与华金先生通上了话。“今天怎么样？”不错，不错。医生说梅赛德斯女士随时都

可以出院。自然他也一样。可能明天他俩就能回到酒吧上班了。真是个好消息，我祝福她。挂了电话。

11:00　早晨天气晴朗，空气干净、干燥，也不像前几天那么热。决定出去逛一圈。去哪儿好呢？

11:05　决定去参观一个美术馆，我对这个领域还不太熟悉。事实上在我们星球，人们不怎么热爱塑料艺术，原因之一是色盲和老花眼是先天性的；另一个原因在于我们不关心美学方面的东西。就因为这样，再加上我天生不够好学（学习能力也匮乏），我在这方面的造诣不深。如果有人问我我知道些什么画家，我会回答说我只知道皮耶罗·德拉·弗朗切斯卡[①]和安东尼·塔皮埃斯[②]，剩下的您给补齐吧。

11:30　我来到加泰罗尼亚艺术博物馆，装修中，闭馆。

11:45　我来到当代艺术博物馆，装修中，闭馆。

---

① 皮耶罗·德拉·弗朗切斯卡（1416—1492），意大利文艺复兴初期著名画家。

② 安东尼·塔皮埃斯（1923—2012），西班牙画家、雕塑家和艺术理论家。

12:00　我来到民族博物馆，装修中，闭馆。

12:20　我来到现代艺术博物馆，装修中，闭馆。博物馆负责人跟我解释说相关权威机构决定翻新这个博物馆，将它变成一个跨行业、跨学科的机构，并且在预算允许的前提下，还附带有娱乐设施。为此，他们要建一栋十五层高的楼，里面有两个剧院、四个咖啡馆、一家纪念品店、一个养老院、目前博物馆所有的展出作品、蒂比达伯游乐场的哈哈镜以及普拉内尔斯的作品集。这个翻新工程原定于 1992 年就竣工，现在却要等到 1998 年才开始。在翻新期间，所有的作品都被转移到了码头的仓库，而这个仓库却在上个月被另一个市委员会推倒了。出于这个原因，现在这些画很有可能都漂进了地中海。然而，如果我实在要参观博物馆，我也不会失望的，因为今天上午有人才送来一只猛犸，它会一直被放在这里，直到闭着馆的自然历史博物馆的装修工程竣工。

13:00　既然已经来到了城堡公园[①]，我打算在午饭前都留在

① 城堡公园，西班牙巴塞罗那的一个公园。成立于 1877 年，曾是该市唯一的一片绿地。

这里。我在一个货摊上买了一盒（家庭装的）埃斯特帕牌杏仁甜酥糖[①]，坐在池塘边把它们吃完。由于正午艳阳高照，没有路人来跟我争抢座位。一群鸭子轻轻滑水来到我的身边，我给它们吃了一颗杏仁甜酥糖，它们吃了之后立马沉入了池底。

14:00　在七门饭店[②]吃午饭。鳗鱼、大虾、猪肾、牛鞭、炖猪门腔和两瓶韦加西西里红酒，焦糖奶油布丁、咖啡、布兰蒂、蒙特克里斯托2号雪茄，吃得我都不能动了。

16:30　步行登上蒙锥克城堡，帮助消化。

17:30　步行离开蒙锥克城堡，帮助消化。

18:30　再次步行登上蒙锥克城堡，帮助消化。

19:00　在贝特里托尔大街上喝下午茶。

---

① 杏仁甜酥糖，西班牙圣诞节时流行的甜点，用面粉、黄油和糖经高温烘烤制成。

② 七门饭店，巴塞罗那的著名饭店。1836年开张，曾有许多名人到访过该餐厅。

20:00　我步行来到约会的地方，到达时间是20点32分。

20:32　已经说过了。

20:33　一进这栋楼的大厅，一位衣冠楚楚的门卫将我拦下。“你觉得你正去向哪里？”“去二层阁楼，门卫先生。”“噢，是么？敢问去那儿干什么呢？”“我跟一个人约好了，去看望她。”“噢，约好了，约好了，说得很轻巧。来来来，小伙子，说一说那个你约好了的人尊姓大名啊？”“是一个女孩儿，但是我一时想不起她的名字了。”“噢，一个女孩儿……是不是碧劳斯基小姐？”“对，没错，就是她。”“小伙子，那你真是不走运，碧劳斯基小姐四十年前就过世了，那刚好是我进这栋楼当门卫的日子，荣幸地充当起抵挡侵入与行骗者的角色。”“没关系，没关系，也许她的名字并非碧劳斯基。”“那会不会是索蒂萝小姐？上帝啊，愿她安息。”

21:30　我们评论了五十二个女人，并为她们的长眠安息做了祈祷之后，我决定给门卫一张五千比塞塔的纸币。

21:31　门卫亲自陪我乘电梯上楼，嘴里轻哼着小曲儿，让音乐时常陪伴左右。

21:32　门卫把我一个人留在楼梯平台上。我按门铃。叮……咚……没有声音。叮……咚……还是没有声音。幸好楼梯平台上有一个花盆，让我可以发泄我的紧张情绪。

21:34　坚持按门铃。叮……咚……轻轻的脚步声向门靠近，门上的猫眼被打开，一只眼睛透过它观察我。我如果此刻手里有根棍子，一定会向里戳进去。

21:35　猫眼被关掉了。脚步声又离远了。一片寂静。

21:36　脚步再一次走近。门闩滑动。钥匙在门锁里转动。门被慢慢地打开。要是我撒腿就往下跑呢？不，不，我留下。

21:37　门被打开了。一位穿着睡袍和拖鞋的太太交给我一个垃圾袋。然后立刻向我赔礼道歉。楼道里漆黑一片她又没戴眼镜，所以把我误认为门卫了。“他总是在这个点来收垃圾，你知道吗？”“是的，我一定是敲错门了。我找的人应该是住您对门儿的。”“没关系，一点儿也没关系。这的确发生在很多男士身上，当然啦，是出于紧张嘛。他们都紧张得在丝兰花里撒尿呢，所以这些花儿才会绽放得如此娇媚。既然你都已经在这里了，你介意帮我把垃圾带下去么？安赫尔·卡萨斯[①]的节目就要开始了，我不想错过呢。”我心想：她还真不害臊。不过她都这把年纪了，啥没有要求过呢！“快点，小伙子，别浪费时间了，不然你得把这垃圾一路送到垃圾站呢。”

21:45　再次乘电梯上楼。按另一家的门铃。

21:47　一位先生来开门。我又弄错了吗？不，“那女孩儿正在等您。您这边请。”

21:48　我们经过一个过道。地毯、窗帘、画儿、花儿，清新的空气。我若能活着离开这儿一定是撞大运了。

21:49　我们停在一扇装饰有红色天鹅绒的门前，陪同我前来的人对我说那女孩儿就在这门后面，等着我。“如果你还没有从我

① 安赫尔·卡萨斯，加泰罗尼亚地区的电视节目主持人，他的有一些节目含脱衣舞。

的行为举止推测出来，”他又解释道，“我是这儿的男管家，但同时我也会空手道。事实上，我的空手道技术要比男管家的更高一筹。所以小子，你可别乱来。”我向他保证说我一定安分守己。我还是不明白男管家这词的含义，然而他说话的语气让我不敢刨根问底。

21:50　门开了。迟疑了一下。一个声音让我进去：噢，好家伙，进来吧！是真的吗？

21:51　千真万确！

02:40　古尔布和我谈论着这些天各自的奇遇，都忘了时间。他的日子也不好过。首先是那位大学教授。他喜欢他，但是最后还是分开了，因为那教授逼他写论文。后来也有过别人。古尔布想找一个认真待他又细腻的男人，就像何塞·路易斯·多雷斯德·布兰科①那样。可惜不知怎么的，他最后总是爱上最懒最穷的那一个。我告诉他事情演变成今天这样全因为他已经变成了一个十足的妓女。古尔布反驳道不是这样的，其实真正的原因是

① 何塞·路易斯·多雷斯德·布兰科（1956—　），西班牙水手，曾在1988年汉城奥运会获得芬兰型帆船金牌。

我是个讨厌的男人。我们激烈地争吵着，直到男管家（极其礼貌地）打断我们，提醒道作为两名执行空间任务的外星人，我们不该像两个街头菜贩子似的在这里浪费时间，更不该把时间浪费在争论如此荒唐的事情上。如果我们愿意，他可以给我们讲个真正动人的故事，会让我们感动得落泪。因为他才是真正阅历丰富的人。他们家有十五口人。事实上，他是独子，但是有双亲、四位（外）祖父母和八位（曾外）祖父母，各位老人的身体都非常好。童年的时候他经常挨饿，所以经常还没等到把粮票兑换成米饭、豆子、黑面包和奶粉的日子，他就把粮票都给吃了。我们听他述说着如此悲惨的经历，就在他刹不了车继续往下说之前泪流成河，我们付了他到目前为止的薪水，把他辞退了。

02:45　古尔布带我参观他的公寓。装潢得很不错。他告诉我说所有的一切都是他亲自挑选的。我（悄悄地）将我的公寓和他的做比较，我脸红了。

02:50　古尔布打开一扇很厚重的木头门，向我展示他刚刚安装好的东西：一个桑拿房。当然了，他还没有用过，也从没想过要用它，不过这设备倒是可以帮他保温甜油条。

02:52　甜油条吃得我都快吐了，我问古尔布他是不是我最近各种不幸遭遇的罪魁祸首。他承认了，不过又说他都是出于好心。心灵感应沟通最大的益处便是你可以一边吃东西，一边说话。我问他为什么要破坏我已经规划好的生活，将我变成众人眼里的好色之徒。他回答说他不能接受我最终去接管梅赛德斯女士和华金先生的酒吧，整天在那里煮咖啡；更不能接受我跟那位邻居太太纠缠不清，虽然出现这个结局的可能性非常小，原因是我实在不擅长调情。我们又大吵了一架，直到有人来敲门。我们去开门，是隔壁邻居，他来抱怨，因为我们吵架使他睡不着觉。他说如果我们要打架，那就像别人一样大打出手好了，他早已习惯了高声怒骂和砸盘子的声音。然而心灵感应沟通是通过电视机的扩音系统实现的，“你们真不知道这有多恼人！”

03:00　既然已经很晚了，我们决定去睡觉，明天再继续谈话。睡前我们祈祷。在第二段（喜悦）祈祷的时候，我责备了古尔布，因为他偷偷睁眼看了《佳人之家》。

03:15　我强迫古尔布去刷牙。天知道他有多久没有好好刷过牙了。

03:20　我问古尔布有没有合适的睡衣可以让我穿。他向我展示了他的内衣衣柜，我还是不看了。

03:30　古尔布上床去睡觉了；我睡在客厅的沙发上。我们把门半掩着。“晚安，古尔布。”“明天见。”“好好休息。”“你也是。”“做个好梦。”

03:50　“古尔布。”“怎么了？”“你睡着了吗？”“还没有，你呢？”“我也没有。”“你要来杯牛奶吗？”“不要了，谢谢。”

04:10　“古尔布。”“怎么了？”“你在想什么？”“没想什么，你呢？”“我在想，现在既然我们已经重逢了，就终于可以回到我们亲爱的星球去了。”“啊……”

04:20　“喂。”“怎么了，古尔布？”“你想回我们亲爱的星球去吗？”“当然想啦，你不想吗？”“哎，亲爱的，我也不知道怎么跟你说，其实那地方也不怎么样。”“嗨，古尔布，你说得也有道理啦，但是又有什么别的选择呢？”“要不我们就留在这个星球吧。”“留在这里做什么？”“噢，那可多啦。”“比如说呢？”“我们俩可以一起开一个酒吧。”“你看你对我多好啊：当我想要接管华金先生和梅赛德斯女士的酒吧时，你百般阻挠；现在开酒吧的主意变成了你的了，我就得觉得是个好主意。”“你别做比较呀。华金先生和梅赛德斯女士的酒吧只有退休老人才会去；我跟你提的这个完全是另一码事：顶尖设计、现场音乐、台球、塔罗牌、营业至天亮，丁字裤小姐比赛。”“嗯……”“跟我保证你会考虑一下。”“我保证。”

04:45 “喂，古尔布。”“怎么了？”“你觉得开这么个酒吧能赚钱吗？”“去你的，谁想着钱了？”“我啊。”“好吧，你放心，这种地方油水总是很足的。”“对啊，那只是一开始，等到下一年另一个酒吧火起来，你就知道你的设计该往哪个方向走了。”“就算如此，那又怎么样？等到这个酒吧不行了，我们就再开一个。这个城市遍地是黄金啊。然后等到我们厌倦了这里，我们就去马德里，亲爱的，那里简直就是天堂，光想着我们可以利用空中穿梭功能，就很值得了。”“不知道，我真的不知道。我觉得不是很靠谱。”“你看，如果你担心的是未来，那么你只需要投保了养老计划，预期能活 9000 岁，你会把银行给弄疯的。现在，麻烦你让我睡觉吧。”“好吧，古尔布，你别生我的气。”“我没有生你的气，快睡吧。”“晚安，古尔布。”“晚安。”

23日

10:13　门铃的巨响把我吵醒。我在哪儿？在一张沙发上。那这么漂亮的客厅是怎么回事？啊，我想起来了。古尔布在哪儿呢？他卧室的门紧闭着，他一定在呼呼大睡。他总是很爱睡觉。不像我，起早贪黑又勤勤恳恳。门铃还在响。

10:15　我用手肘轻敲古尔布卧室的门。没有回应。我决定亲自去开门。

10:16　开门。是一个小伙子，拿着一束百合花。“是给那位小姐的。”他说。我给了他10个比塞塔当小费，他把花交给了我。关门。

10:18　来到厨房。我记录下从我兜里掏出来的10个比塞塔，因为严格说起来，这应该是古尔布付的钱。去找一个花瓶。找到了以后，把它灌满水，用我知道的最好的方式放入百合花。结果非常不理想。也许我不该剪掉那么多茎。现在后悔已经太迟了。

10:21　打开跟这束花一起被送来的信封。里面有一张手写的卡片。我不该看的，但我还是看了。“献给我最美丽的甜心，千百万个吻，啵儿啵儿啵儿啵儿啵儿啵儿啵儿啵儿啵儿啵儿。佩佩。”

10:24　门铃又响了。我决定亲自去开门。是一个小伙子，拿着一盒冰冻松露巧克力。10 个比塞塔。

10:26　记账。把松露巧克力放入冷冻室。又把它取出来，吃了十颗巧克力，把剩下的重新摆放以防被古尔布发现，再把它放回到冷冻室。打开那张卡片。我不敢重复上面写的话。气温 25 ℃；相对湿度 75%；西南微风；微浪。

10:29　门铃又响了。我决定亲自去开门。是一个小伙子，拿着一个篮子。篮子里面：一块香皂、一瓶沐浴露、一罐保湿霜、一瓶身体乳、海绵和香水。10 个比塞塔。我把篮子拿到浴室。

把卡片扔进马桶（未阅读），抽水。记账。门铃又响了。

10:32　我决定亲自去开门。这回不是小伙子，而是一个壮汉。他空手而来，说来找这里的女主人。我回答说女主人此刻不在。如果他愿意，可以过会儿再来找她，或者留一张名片给我。那壮汉问我我是否碰巧是她的丈夫。“不，不是的，差得远了。”“也许是她的男朋友？”“不是。”“普通朋友？”“也不是。”“那么，你是她的什么人？你他妈的在这里做什么？”“我是男管家，”我回答说，“我还会空手道。所以，小子你可别乱来。明白了吗？”

10:34　壮汉表情不再凶猛，扭头走了。至少这回我省下了10个比塞塔。

10:36　我摸索着墙回到厨房的时候，遇到了古尔布。是我脑袋撞上垫子、门框和门楣的巨响吵醒了他。我告诉他发生了的事情。他非但不表示同情，还笑了起来。他看到我皱起了眉头，便收起了那莫名其妙的傻笑。他说那个壮汉追了他好几天了，这家伙很爱吃醋。举个最简单的例子，昨天他一拳把前任男管家揍掉了两颗门牙。古尔布说，这壮汉非常暴力又有激情；还说，这就是他为什么喜欢他。

10:40　我用双氧水治疗伤口。我身上满是瘀青，于是我变身成为图特摩斯二世[①]，这样就能省下裹绷带的活儿。

11:00　从浴室出来时，我听见古尔布从阳台上叫我。我走出去，（心满意足地）发现他准备了早餐，放在一个大理石桌子上，顶上还有遮阳伞。描述：半个柚子、柠檬茶、黄油和英国橙子果酱加土司。我想念梅赛德斯女士和华金先生酒吧里的茄子鸡蛋饼和啤酒，但我对此只字未提，把他做的早餐都吃完了。从整栋居民楼的窗户、屋顶里探出来双筒、单筒和普通的望远镜，对准了古尔布穿的粉色丝制睡袍。我考虑是否要向这群好奇之徒扫射一遍杀伤性射线，最后还是选择假装什么也没看到。

11:10　我们转眼间吃完了早饭。古尔布点上了一支烟。我假装猛力咳嗽，让他意识到烟雾充满毒害，会让我不舒服。如果他要自我毒害，就随他，但别强迫别人吸入被污染的空气。我那咳嗽所蕴含的健康信息被古尔布忽略不计：他继续抽着烟，我

① 图特摩斯二世，古埃及第十八王朝法老（约公元前1492—约公元前1479年在位）。

的喉咙赤裸裸地受着毒害。

11:15　我问古尔布他昨晚说的话是不是认真的。古尔布却反过来问我什么意思。还会是什么呢？不就是开个摩登酒吧的事儿。“那当然是认真的了。”“丁字裤小姐呢？也是认真的么？”“当然了。”他说。“那我，可以做主持人吗？”“当然啦。”他回答道。“给冠军小姐佩戴绶带？”“想怎么样都可以，”他说，“当酒吧老板总得有些好处吧。”

11:20　我收拾早饭，把东西拿进厨房。古尔布留在阳台上看《先锋报》。我把盘子、杯子和餐具放进洗碗机。

11:30　擦亮银制餐具。

12:30　吸尘。换垃圾袋。

13:00　擦窗。上帝保佑不要下雨。

13:30　洗衣服。熨床单。发现一条又旧又脱线的床单：拆了做抹布。

14:00　我问古尔布："那么你们家是几点吃午饭的？"回答说："这家里没人吃午饭。"他（是指古尔布）的情况是半个小时之后，哥伦比亚咖啡馆、牛仔餐厅以及小黄金饭店（巴塞罗那的分店和圣费利乌的分店）都会为他留位。他每次都一下子接受三个饭店的邀请，这样可以在最后一分钟作选择。至于我，可以用冰箱里剩的东西随便做点吃的。

14:30　古尔布洗澡，喷香水，梳头发，换衣服，化妆。他让我打电话叫出租车服务。他感叹道："我的妈呀，每回都这么急匆匆，到哪儿都迟到。"又感慨道："这可不是生活啊。"我尝试告诉他，如果他能早起一些，少瞎转悠一些，就能避免像这样临时抱佛脚，不过他已经出门了。我得帮他收拾他摊了一地的衣服。

14:50　冰箱里只剩下半瓶香槟、一朵枯萎的兰花和一些试管，里面的内容我宁可不去研究了。

15:00　我在文森特之家的吧台上吃午饭。时令色拉或者西班牙凉汤和鸡肉空心粉，一共650比塞塔。面包、饮料、甜点和咖啡价格另外算。加上增值税和小费，一共花了我900比塞塔。

16:00　回到古尔布的公寓。答录机上有三十多条留言。我听了前四条。查看信箱：除了账单还是账单。

16:40　看到两本相册，里面是剪报：古尔布在撒图纳①；古尔布在马德里皇宫；古尔布在奔牛节。一张扭曲又模糊的宝丽莱快照：古尔布跟一个陌生人在看似巴黎的某条街上。古尔布走进达涅利酒店②；古尔布离开哈利酒吧③。古尔布作为采矿工程师推广大会的女傧相；古尔布在伊夫圣罗兰的时装走秀之后与他相拥；古尔布和马里奥·肯特④在卡斯特拉纳大街⑤上的一个露天餐厅；古尔布与贝聿铭⑥和他的合作伙伴们共舞。古尔

① 撒图纳，西班牙黄金海岸线上的小镇，被认为是有钱人夏天纳凉消暑的胜地。

② 达涅利酒店，威尼斯最奢华的酒店。

③ 哈利酒吧，著名酒吧，在世界多个城市有连锁，海明威、卓别林等都曾是它的常客。

④ 马里奥·肯特，西班牙著名律师和银行家，曾在37岁就被任命为某银行行长，是20世纪90年代小孩子的偶像。

⑤ 卡斯特拉纳大街，马德里著名的林荫大道，是马德里的地标，也是重要的文化与旅游中心。

⑥ 贝聿铭（1917—2019），美籍华人建筑师，被誉为“现代主义建筑最后的大师”，代表作有法国巴黎卢浮宫扩建工程等。

布作为何塞·马利亚·贝曼①鱼雷舰的女傧相；古尔布和阿尔贝托兄弟俩②在卡斯特拉纳大街上的一个露天餐厅；古尔布走进苏富比拍卖行；古尔布和赖莎③在纽约萨克斯第五大道精品百货店购物。萨克斯先生和第五先生招待他们著名的女贵客：亲爱的女士们，亲爱的女士们！你们是马德里动物园第一头（也是最后一头）犀牛的赞助商；古尔布和马塞利诺兄弟俩④在卡斯特拉纳大街上的一个露天餐厅；古尔布与阿克巴尔·哈什米·拉夫桑贾尼⑤共舞。

17:08　我来到街角的超市。买食物、清洁用品、葡萄酒、气泡水和纸巾，总共13674比塞塔。我留着收银条，打算之后记账。那张也许会中到一辆本田思域的抽奖券我就占为己有了。

17:30　回到古尔布的公寓。看《雅皮的世界》。

---

① 何塞·马利亚·贝曼（1897—1981），西班牙著名爱国主义诗人、作家。

② 阿尔贝托·科尔蒂纳和阿尔贝托·阿莱奥塞尔，西班牙著名律师和企业家。

③ 赖莎·戈尔巴乔夫（1932—1999），戈尔巴乔夫的妻子，是苏联首位走向公众的第一夫人。

④ 马塞利诺兄弟，此处为作者杜撰，是西班牙常见的姓，以与前文的阿尔贝托兄弟形成相应的幽默效果。

⑤ 阿克巴尔·哈什米·拉夫桑贾尼（1934—2017），伊朗政治家及作家，曾出任第四任伊朗总统。

18:00　看《午后新闻》。

18:30　看《马蒂拉普艾达阿奔突拉克》。然后把它录下来。

20:00　拿一个锅煮开水。加盐。放入胡萝卜、土豆、卷心菜、大葱、芹菜、一只鸡翅和一块牛骨。看时间。

21:30　关火。准备餐桌。给阳台上的植物浇水。

22:30　独自吃晚餐。

23:00　晚间节目。《虎父无犬子》系列剧。今晚：本·胡尔（1931）之子，以及本·杜尔宾、奥莉维亚·德·哈维兰德。下周……巴拉拉莎之子，以及何塞·萨萨托尼尔[①]。

24:30　我刷牙。祈祷。躺在沙发上。没有古尔布的消息。

01:00　我睡不着。

---

① 何塞·萨萨托尼尔（1925—2015），西班牙著名喜剧演员。

02:00　我睡不着。

03:00　我睡不着。

04:00　我起身。在屋子里走来走去，以抚平我忐忑的情绪。由于我不清楚房间里家具的布局，小腿撞到四处砰砰作响。

04:20　我坐在桌边。拿起纸和笔。

“亲爱的古尔布：

有时候两个人在一起生活了很多年也没有能够彼此了解。相反的情况也有可能会发生，也就是说两个人只是短暂地相处过一阵子，然而很矛盾的是，他们可以相互理解。另一种可能发生的情况是，两个人共处了很多年，其中一个人对另一个人非常了解，然而另一个人却没能够了解对方。这种情况下，我们不能说他们彼此了解，但也不能说他们彼此不了解。当然，我所说的这一切跟我俩的情况无关。可如果我不小心将它提起，那也是因为我不希望你觉得我正试着把无关紧要的，或者说与此毫无关系的话题扯到我们的事情上来。而且，我要重新给你写信，一方面是因为我刚已经这么跟你说；另一方面，是因为很久之前我已经不知道我自己说到哪儿了。”

04:35 “亲爱的古尔布：

首先，我要明显区分两个基本概念，它们是：原则和训诫。”

04:50 “亲爱的古尔布：

既然夏天已经临近，我觉得我们差不多该离开这里了。”

04:51 我把信用一滴胶水粘在化妆镜上。又读了一遍。我决定变身伊夫·蒙唐①，并激情高唱：

“如果你们害怕失恋，

千万要回避佳丽们的顾盼……”②

由于技术故障，我错变成了雅克·伊夫·库斯托③，导致我的演唱表现平平，况且身穿潜水服我很难引吭高歌。

---

① 伊夫·蒙唐（1921—1991），生于意大利的法国演员及歌手，曾演出的电影有《恐惧的代价》《大风暴》《甘泉玛农》等。

② 摘自法国家喻户晓的民谣《樱红的年代》。

③ 雅克·伊夫·库斯托（1910—1997），法国海军军官、探险家、生态学家、海洋及海洋生物研究者。

05:05　我用指甲钳把古尔布的衣柜变成了微生物。

05:12　我把他的香水都倒进洗碗池，再把它们灌满硫化物；我给画中的人物画上胡须；我在冰箱里塞满了害虫；我把鼻涕擦在窗帘上；我在答录机里录上放屁的声音；又在浴缸里放了一头猪。我砰地关上了门，出去了。

05:35　我来到此刻唯一开着的酒吧。里面人满为患，但由于大多数人都坐在地上，我在吧台那里找到了很大的空位。要了六倍双份威士忌。

06:35　回到我自己的家。我躺在自己的床上，还没来得及合上眼，就睡着了。

24日

09:12　醒来，严重宿醉。但我为自己所做的决定感到高兴。早餐：甜油条加威士忌。气温22 ℃；相对湿度68%；多云，海岸线能见度低；微浪，浪高不足一米。这天气对我的计划来说简直完美。

09:30　出门。拖着沉重的步伐下楼。如果楼梯震动，并非我的错。门卫阿姨正在用电梯的电线晾晒衣服。我对她说我有些私事要跟她谈一谈。“我可以去你的屋里吗？”

09:31　门卫阿姨把我带到她的房间，在整栋楼的地下室。她带我参观房间，说这里夏天像烤箱冬天像冰箱。因为没有厨房，她只能在丁烷炉上炸鱼，炸完了以后烟雾袅绕，连电视都看不清。门卫阿姨还说，房间里没有卫生间。但是幸运的是整栋楼的水管都通过她的房间，所以她可以乘水管爆裂的时候洗澡。

“然而这一切，”她说，“又有什么关系呢？”

09:47　我告诉她说我决定离开这座城市，因此，想把我的公寓送给她（门卫阿姨）。我将公证好的文件和钥匙一起交给她。门卫阿姨说她一直都知道我是个真正的绅士，不像别人，只说不做。为了见证我们的友谊，我们大口大口地喝着我带来的威士忌。

10:00　我来到业主委员会主任的家。主任即便德高望重，却依然着睡衣相见。我告诉他此次前来的意图是给他送来一笔基金，用来更换我们破旧的电梯、粉刷楼梯、修复外墙、更换水管、修理对讲机、覆盖屋顶的裂缝、安装圆盘式卫星天线，并在大楼入门处铺上地毯。“代价就是，”我说道，“我只希望大家以后能常常想起我，记得我的好，因为我即将长途远行。”主任说，如果各位邻居都像我一样，那么就不需要讲那么多的社会主义，也不需要那么多麻烦事儿了。我们干了一杯威士忌。

10:20　我来到邻居太太的家。她亲自为我开门。她说她刚好要出门。如果我不介意可以晚些时候再来找她。我回答说没有晚些时候了，因为我也要出门，而且不知去多久。“能让我进来吗？只要一分钟就好。”她勉强让我进门，因为此时我已经闻上去像坏了的威士忌。

10:30　我小心翼翼地告诉邻居太太，我大胆地去打听了她的个人情况，包括感情经历和经济状况。她在这两方面都可谓是糟糕透了。我还说在感情生活方面我没有办法帮到她，因为我已经没有时间了。至于经济状况……

10:35　清了清嗓子。

10:36　……至于经济状况，我说，因为我单身，有房产，还天生慷慨，我决定，如果她不介意，在（瑞士）银行为她存一大笔钱，来支付她儿子从今以及日后在哈佛商学院的学费。至于她本人，我轻声请求她收下这条微不足道的翡翠项链，来纪念我们短暂的邻里一场。

10:39　我把项链交给邻居太太，我喝完了那瓶威士忌，匆忙离开邻居太太的家，我摔倒，还滚下了楼。

12:00　我从地铁站走到飞船。见到它的时候我心一沉，常春藤爬满了机舱外壳，封住了舱门。好几处的油漆都脱落了，还有人把舱门上的耶稣圣心画拽了下来。如此狼狈，我都没脸回去见我星球的父老乡亲了。

12:02 我去镇上买了一台洗刷器、家用清洁剂和一副橡皮手套。回到机舱，全力大扫除。

13:30 走进机舱。除了一些湿气，整个机舱内部没有严重的损坏。查看各种仪器、燃料。一切正常。我坐在仪表盘前，发动引擎。轰……隆……隆……隆……

13:45 轰……隆……隆……隆……

14:00 轰……隆……隆……隆……

14:20 轰!

14:21 他妈的，吓死我了!

14:22 关闭引擎。回到镇上去补给食物。

15:00　带上旅途需要用到的东西：牙膏、报刊、一辆自行车、一篇关于蒙锥克地铁站事件的报道，基本上就这些了。

16:00　当我把储物室都塞满时，我发现里面有蟑螂。怎么办？我可以使用杀虫剂，但我一旦再一次变成纯智能型个体时，怎么按瓶子的喷头呢？

16:20　尝试了几回，终于跟心宿二的AF空间站建立了联络。我通知他们说我认定此次来地球的使命已完成，乘着大气状况不佳（对航行来说理想），我准备回去了。同时我还告诉他们说我会独自回去，因为和我一起被派来的同事，名叫古尔布，在执行任务的过程中失踪了。我没有将实情相告，担心他年迈的双亲会因此不悦。

16:30　心宿二的AF空间站要求我重复一遍信息。看起来信号接收有问题。

16:40　重复刚才的信息。心宿二的AF空间站告诉我，其实第一次他们已成功接收了信息。让我重复一遍是因为我现在说话带有加泰罗尼亚口音，让他们觉得很滑稽。

17:00　我来到梅赛德斯女士和华金先生的酒吧。梅赛德斯女士像往常一样在吧台后面。华金先生正在和三个与他同龄的顾客玩多米诺骨牌。亲切的问候，茄子鸡蛋饼，啤酒。我告诉他们说我是来道别的。我要回我的星球去了。“你看吧，华金？我早就说了这位先生不是这儿的人。”我把我给他们准备的礼物交给他们：佛罗里达州的一栋别墅和十一公顷的地，这样他们就能退休养老了。“嗨，您不用这么客气。这得花了您不少钱吧。”“您快别这么说，梅赛德斯女士；您应得的远不止这些。再见，再见了。”“要常来信啊。”

19:00　一切准备就绪，可以起飞了。气锁已关闭。开始倒计时。100，99，98，97。

19:01　背后有个声音。难道又是恼人的蟑螂？我去看一下。

19:02　古尔布！搞什么鬼！你在这里做什么？还穿着一英寸的高跟鞋！你难道觉得这对穿越空间（或时间）来说是合适的装扮吗？古尔布给我看一条仪表盘上的编码信息。

19:05　解码。是来自最高研究院的信息。鉴于我们此次来地球的使命完成得很成功（祝贺我们），我们要更改方向，往BWR143号星球飞去。这星球（像傻子一样地）绕着南门二[①]旋转。一旦到了那里，我们应像在地球上一样，采用当地人的样子。他们有四十九条腿，其中只有两条是着陆的；还有一只眼睛、六只耳朵、八个鼻子和十一颗牙齿。他们靠吃泥和用前后触角乱抓的毛毛虫为生。

19:07　古尔布噘着嘴，我推断他对这个新委托给我们的使命不怎么满意。在他表达低落情绪而迫使我采取纪律措施之前，我给他讲了一堆理由，可以归成以下三（或更少）类：A. 主管当局总是比我们自己更知道什么是对我们有好处的；B. 探访不同的环境、了解别的文化总是有启发的；C. 付钱的人说了算。我又以个人的口气补充道：以他这样的个别情况，这个改变是有百益而无一害的。因为最近他变得有些傻乎乎的，是时候不再做那个年轻、貌美、富裕又有活力的女孩儿，而变为一条恶心的毛毛虫了。古尔布回答说他不知道他更加欣赏我的哪种能耐：

① 位于天空南方的半人马座，南门二实际上是一个三合星系统。

敏锐的洞察力还是清晰的表达力。

19:50　按预计时间（宇宙星盘983674856739点）无障碍起飞。起飞速度：0.12，常规等级（受限）。离近日点的入射角：54度。预计飞行时间：784年。目的地：南门二。

19:55　古尔布和我从城建部的广告后面走出来，我们被涡轮机的后坐力轻微灼伤。我们看着飞船消失在云层里。我们得赶紧了，要在下雨前赶到地铁站。

20:00　古尔布表达了（在我看来错误的）想法，说我是傻瓜。他说若不是因为我把最后一个比塞塔都用去买礼物来炫耀，我们现在就可以叫一辆出租车，不用走那么长的路了。他又说现在穿着连衣裙他走路非常不方便。将来，关于钱的事儿都要由他来做主。我还没来得及提醒他，虽说我们现在不在机舱里（也不在法律的限制中）我依然是他的上级；一辆车开过来，古尔布招手，车停了下来。古尔布提起裙子，向那辆车跑去。他无视我的大声命令，上了车。车开走了。

02:00　没有古尔布的消息。